センス入門

松浦弥太郎

筑摩書房

装画　松林誠
装丁　櫻井久

センス入門

もくじ

2　センスを磨くアイデア

3　センスのお手本

「センス」と言われたら、手も足も出ない気持になるのは、僕だけでないでしょう。

あいさつの仕方、手紙の書き方、お茶の飲み方や食事の仕方、話し方や相槌の打ち方、料理や掃除、歩き方や座り方、もちろん、身につけるものの選び方や使い方など。そういう毎日の暮らしの中のあらゆる行為は、「センス」という、人それぞれが持っている美学のあらわれとなって、私たちの目に映り、何かしらを与えてくれるものです。

些細なことですが、ドアの開け閉めにしても、素敵だなと感じさせるか、乱暴だなと感じさせるかは、「センス」の良し悪しです。会社の会議で意見するタイミングや、声の大きさ、話のスピードも、「センス」の表れといえるでしょう。大事な決断のタイミングさえも「センス」を必要とするでしょう。

つくづく思うのは、仕事にしても、暮らしにしても、ある程度のレベルまではどんな人でも到達できるけれども、そこから先のもっと高いレベルへ行くには、その人が身につけている「センス」の良し悪しで左右されるだろうということです。

「センス」とはそのくらい大切なものです。しかし、そんな「センス」は、学校や社会で教えてくれるものではありません。それなら「センス」のよい人になるにはどうしたらいいのでしょう。「センス」のよい人と、「センス」の悪い人の違いとは何でしょう。

もう一度いいます。あるところから先の高いレベルへ行くためには、自分らしさを磨いた「センス」を身につけるしかありません。よい「センス」は、あなたによい運も引き寄せます。そしていつの時代においても社会が求めているのは、新しい「センス」でしかないのです。

故スティーブ・ジョブスは、日本の禅から「無」という「センス」を学び、彼らしい新しい「センス」を生み出して成功をしました。世界のリーダーを見てください。それぞれのよい「センス」が、あらゆる場面での切り札になっているのがわかります。彼らはどうやって、「センス」を学んでいるのでしょう。

「センス」よくなりたい。知らない「センス」を身につけたい。あるとき僕はこう思いました。本書はそんな思いから学んだあれこれをまとめた一冊です。自分の「センス」をよくするための入門とも言えるでしょう。

まずは、今の自分の「センス」と向きあうことです。そこから一歩ずつ、ゆっくりと階段を上がるように「センス」を磨いていきましょう。僕も今その段階です。なかなか自分の思うままにいかない人や、仕事や暮らしで行き詰まりを感じている人、ぜひいっしょに「センス」とは何かを学んでみませんか。「センス」という自分ならではの美学を身につけましょう。

松浦弥太郎

1 センスのいい人とは、どんな人ですか？

センスがよいとは何でしょう

「センスのいい人になりたいのですが、どうしたらよいでしょう。そもそもセンスとは何でしょう」。ある人にそう聞かれて、あらためてセンスについて考えてみました。

僕にとって「センス」とは、まず最初に、「選ぶ」もしくは「判断する」ということだと思います。センスが「何を選ぶか」「どう判断するか」という能力だとすると、それは、たくさんのなかから何かを選ぶことでしょうし、ときには自分にフィットする選択肢がないのでゼロから作ってみる道を選ぶということでもあるでしょう。いつもよい選択や後悔しない選択ができればいいのですが、なかなかそうはいかないものです。「判断」もまた、けっして簡単ではありません。けれども、まわりに流されることなく、正しい情報や知識、鋭い観察によって、勇気をもって決めるちからは、日々必要とされます。

ただたいていのことには、お手本になってくれる人というのが世の中にはたくさんいるものです。その人たちはお手本といっても特別なところにいるわけではなくて、僕たちと同じようにふつうの場所で仕事をしたり生活しているはずです。だからまず、そういうお手本になるような人たちを、自分のメンターとして見つけて、どのようによい選択やよい判断をしているのか、見たり聞いたりしてみることがとても大切だと思います。

それが、人でなくて物である場合もあります。物であるなら、それらによく触れてみたり、歴史を学んだりして深く知ることが、とても大事になってきます。

そして、センスを磨くのは自分ひとりの世界でのことです。自分の心の奥にある世界のなかを行ったり来たりするということも大切にしたいことです。

けれども、だからといって、自分だけの世界に閉じこもってしまうことは間違いです。ほかの人とどうやっていっしょによりよい社会を生きていくか、それを考えるのもセンスがよいことのように思えます。

センスのいい人、その人はちょっとだけ人と違っているように見えます。何が違っているのでしょうか。どうしたら、その人のようになれるのでしょうか。

さあ、いっしょに考えてみましょう。

あなたはすなおな目で物事を見ていますか？

「もっとセンスがよければいいな」と思っているあなたが、いちばん注意しなければならないのは、センスを大切に思う人は、しばしば自分以外の人を否定してしまうということです。あながちセンスの問題というのは、そういう話になりがちなのです。

周囲を受け入れがたい、そういうときはたいてい世の中の自分以外の人が間違っていて、自分だけが正しいと思いがちです。「自分は理解されていない」と感じるわけです。その結果、自分以外を否定してしまうことになります。それがよい結果を生むことはありません。

世の中や社会、自分のまわりに対しては、どんなことでも受け入れる姿勢をもって、すなおな透明な目で見たいものです。そして、いい所を見つけていくちからをしっかりつけて、たくさんのものを吸収すること――これこそがセンスを磨く第一歩にも通じると思います。

あなたが生きて、じっさいに出会ったり見たりするものというのは、どんなものであれ、どんな人であれ、必ずひとつやふたつはいい所があるはずなのです。この人は本当にひどい人だから一生近寄りたくもないというくらい嫌悪している人もなかにはいるかもしれませんが、そういう人でもいいところがひとつくらいは絶対にあるものです。それは何だろうと考えたり、観察して見つけるくせをつけるということは、自分自身へのとてもよい訓練になりますし、つまるところ物事の本質を見極める目を鍛えることにもつながりそうです。

すべてのものには、なにかいい所がひとつはある――これは人に限りません。コップひとつでも、紙皿ひとつでも、目に見える形であるものには、いいところが必ずひとつはあるものです。

僕がふだんつき合っている人たちのなかにも、センスのいい人はたくさんいます。でも、その人たちが一〇〇パーセント完璧かというと、そうではなくて、それぞれにいいところをもっているという感じでしょうか。たくさんいいところがある人というのは、たいていバランスがとれていて、みんな、どんな人に対してもどんな出来事に対してもすなおです。

そして、この人たちに共通しているのは、なにが情報であるのかということを正しく知っているということです。情報とは本来、自分が実際に見たものや体験したものだけであるということをよく知っているのです。だから、誰かから聞いたり、どこかで読んだもの、ましてや口コミやランキングなどは、じつは情報ではないということをよく知っています。経験したことをはっきり自分の言葉で言える、これが情報というものであり、たまたま見たり聞きかじったことは自分にとっては情報ではない、と思っているのです。

だからセンスのいい人は、まわりの人が他人についてあれこれ言っても、絶対にうなずきません。噂話でみんなが盛り上がっても、自分で経験したわけではないので、否定もしないし肯定もしないで静かに聞いています。自分が経験したことだけで話をするので、とても気持ちよくすごせますし、信頼関係が深まります。信頼関係が深まると、また会いたいという気持ちになります。僕の場合、また会いたいと思うのは、いっしょに何かを考えたいとか、その人から何かを学びたいとか、そう思わせてくれる人たちです。そして、その人たちのことを「センスがいいな」と思います。

自分のことばは何よりも伝わる

センスのいい人たちは、頭で考えてしゃべるとは限りません。なぜなら何かを判断しようとしているわけではないからです。自分のなかにある知識のストックから選び出してことばにするのではなくて、心の引き出しを開けて、思いのままに取り出して見せるという感じでしゃべっているように僕には思えます。頭と心の使い方のバランスがよいのです。それは人を納得させるためには話のディテールが完成されていないし、だいたい人にわからせるようにパッケージされているわけでもないので、一見すごく稚拙にみえることもあります。でもほんとうは、そういう人の言うことのほうが人によく伝わるということを、僕は編集という仕事をしていてとても強く実感しています。

たとえば、記事のタイトルや内容をまとめたリードを書く場合を例にとりましょう。誌面ではそれはだいたいページの最初の部分ですし、導入部として人を誘う文章を書くわけですから、とても大事な仕事です。そうは言っても、何となくこう書けば収まりがよいという常套句がありますし、もっともらしいものを作ることはできるのですが、それでは読者の心に届かないのです。頭で計算して書いたことは、いざ活字になってみるとそれらしく見えるのですが、でもただその程度のものにしかなりません。

僕は、「暮しの手帖」の文章はすべてチェックしていますから、そういうタイトルやリードは、何度も何度も書き直してもらうことになります。「えっ?」という顔をしている編集部員には、「頭を使わないで、心を使って書き直してください」と言うしかありません。「あなたはこの記事を担当して、感動したことがきっとあるはずでしょう。あなたなりにそれをもっと探してください」と。

ときにはそうして仕上がったものが、わかりやすいものにならなかったり、ちょっとおかしな感じになったりすることもありますが、僕はそれでもいいと考えています。「上手に書こうとしないでください」。見ていると、うまくそれに自分をスイッチできる人は、編集者として大きく成長していきます。これこそがセンスですから。

でも残念ながら、いくらチャレンジしてもスイッチできない人というのもいるのです。それは頭のなかにはいろいろなことばがそろっているのだけれど、心のなかには何もない人なのだと思います。言ってみれば自分自身で感動できていないのでしょう。だから心のなかを探しても何もない。

あなたの心のなかには、あなた自身が経験したり発見したりして得たものがありますか？　自分自身で体験した日々の感動や驚きがない人というのは、人とのコミュニケーションもとても薄いものにしかなりません。これでは、「また会いたい」とは思えません。

けれども、「この人は心で話してくれているな」とか、「頭で話しているな」ということをいちいち考えながら話を聞く人はいないでしょう。なぜなら、それは理屈ではなくて、肌で感じるものだからです。

心を開くことがセンスのよさへの最初の一歩

もう一度会って話を聞きたいと思わせる人であるか、別れた瞬間に忘れられてしまう人であるか、これはもはや言葉にならない領域のことだと思います。どれだけ相手に触れたという感覚があるか、深く関わることができたという感覚があるか、あるいはいっしょに時間をすごして感動できたとか、そういう種類のことだからです。

だからもしも、自分が人にそう思ってもらいたければ、まずは相手に対して自分から心を開かなければいけません。そのためには、まず何よりすなおでなければいけないのです。人というのは、ちょっとでも心を開こうと努めるだけで必ず変われると、僕は信じています。

よくあるのは、「こんなことで泣いたら恥ずかしい」とか、「こんなことで笑ったら恥ずかしい」と思って、むりに自分を抑えてしまうことです。他人がどう思うか気遣ってのことなのでしょうが、意外にみんな人のことを見ていないものですし、たいして気にしてもいません。だから、ゆるやかに構えて、すなおに心を開き、無邪気にいろんなものを見たり感じたりすればよいと思います。だれのなかにも子どもっぽい部分が残っているはずですから、そこを失くさないように、ときどき思い出してみるのもいいのではないでしょうか。子ども時代に「わー」と叫んでしまったほどびっくりしたこと、激しく心が揺さぶられた経験は、きちんと心のなかに蓄積されるものですし、それはとても大事なものです。それを忘れてしまって、「大人だから」とクールに自分を抑えたりしてしまうと、心のなかには何も残らないということになってしまいます。

だから、外に出かけてみたり、人と会ってすなおに話を聞いたり、心の窓を開けてみるように意識してみる、それだけでもずいぶん違ってくるのではないかと思います。

自分に許されているスペースを越えない

人と向き合っているときも、物を見ているときも、必ず、自分に許されているスペースというものがあると思います。このスペースとは、相手とのあいだで自分に許されている幅、距離感、あるいは空間とでも言うべきもので、ここまでなら立ち入ってもいいという間合いのことです。

それは、物事に対してだけでなく、心のなかにもあるものです。

なぜこんな話をするかというと、「センスのよさ」とは心を開いて、また会いたいなと思ってもらうような関係を人と持つことだというお話をしてきましたが、僕の知っているセンスのいい人たちは、このスペースをそっと上手に察して、それよりも過ぎたことはぜったいにしないからです。

自分に与えられたスペースがどのくらいかを瞬間的に理解できるちからは、トレーニングすることでできるようになる種類のものではなくて、持って生まれたコミュニケーション能力のひとつだと思います。

どのような場面でも、自分がすべきこととすべきではないことを瞬時に的確に判断できることは、とても本質的なことだと思います。

けれどもそういうことは、はっきりそれとわかることではないので、自分の肌感でつかんだり、察したりするしかなくて、要するに非常に感覚的なことなのです。だからこそ、何かを感じるアンテナというものを敏感にしておかないといけないのですが、センスがいい人たちは、誰にとっても心地よいという感覚を察することにとても長けています。

つねに、今自分は何をやらないで何をやるか、何をすべきで何をすべきでないか、瞬間瞬間で判断するのはとてもむつかしいことなのですが、ぜひともこのちからを身につけたいです。どうしたらそれを学ぶことができるのでしょうか。これはきっと、失敗したり、恥をかいたりということを繰り返すなかでしか、学べないことなのだろうと僕は思います。

友だちはたくさんいらない

僕は友だちは、そんなにたくさんいらないと思っています。二、三人もいればいいと思っています。正確に言うと二、三人しかつくれません。知り合いはいくらでもつくれますが、友だちはそんなにたくさん自分で抱え込めないと思っています。友だち以外の人とは、距離を縮めようと思っていません。

自然に人と近くなるのであれば、それはなりゆきにまかせていますけど、自分からは、とくに近づきません。だから、これはあくまで僕の立場での言い方ですけれども、誰とでも仲良くなったら、仕事なんてできなくなると僕は思っています。

必要以上に仲良くならない。部下とも仲良くならないし、いろんな関係者とも仲良くなろうと思わない。僕はそういう感じで、距離をとても大事にします。でもさびしいと思いません。事実、自分や家族のことで忙しいのですから。でも、その二、三人の友だちをとても大切に思っているので十分なのです。

目立つことがおしゃれとはかぎらない

たとえば、「昨日、僕は、服のセンスのいい人に会いました」、こういう場合、その人がじっさいには何を着ていたか、それが思い出せない人こそセンスのいい人です。

何を着ていたかを思い出せないけれど、その人はとてもセンスのいい人だった。こう思ってもらえるくらいその場や居合わせた相手や出来事に自然になじんでいて、不自然さやストレスがない。これが、自分に与えられているスペース以上のことをしないということで、センスがいいということだと思います。

だから、パブリックな場所で浮き上がることのないように、自分がどうあるのがいいのかを考えられることは、とても大事なことです。このことは着ているものだけに限りません。立ち振るまい方や話すときの声のトーン、雰囲気もそうですし、意外に匂いも気を遣うところだと思います。

香水はTPOによってはとても素敵だと思いますが、特にレストランといった場所でのつけすぎはどうかなと思います。自分はつけ慣れていて気がつかないのですが、隣り

の人にとっては迷惑だということがあるでしょう。

歳をとってくると、だんだん社会のなかでの自分という感覚が薄れてくるようで、「自分がいいから」という感じを漂わせているおじさんやおばさんはたくさんいます。私の匂いがどんなであろうと、私の声がどんなであろうと関係ない、あるいは、他の人たちにどう思われているか気がつかない、そんな人に簡単になってしまいがちです。

少々話が脱線しましたが、いつも考えなければいけないのは、いつもどんなときも、自分は社会のなかのひとりです、というその感覚です。

つねに社会とつながっている自分であること

どんなときにも、自分は社会の一員である、という気持ちが大切です。

「社会の一員」だなんて使い古された言葉ですが、僕はそうありたいと肝に銘じているので、世の中で起こることに無関心ではいられませんし、たとえば、レストランに行くときも、自分がこの店の人間だったらどんなふうにするか、いつも考えています。そして、自分はお店の人からみて嫌だなと思われるような振るまいはしたくないと思います。「ソシアルワーク」とアメリカでは言いますが、「社会貢献」つまり「社会の一員という意識を持って仕事や生活をしていく」ということを意識するようにしています。わざわざ積極的にお友だちになりましょうということではありませんが、こういうふうな精神を持っていないと心は開けません。

どうやって社会とつながるか、それこそが仕事と生活の究極の目的だと僕は思っています。太い絆でつながるか細い絆でつながるか、人それぞれ職業それぞれで異なりますが、どんな形であれ、だれかとつながっていたいと思うのはごく自然なことですよね。そのためにできるだけの努力や気遣いをして、持ちうるかぎりの好奇心や想像力、そういうものを働かせていたい。

さらに言えば、人とかかわるがために自分が健康であるべきだし、どんなときも身だしなみは清潔であるべきだし、第一印象で不快に思われないようにすることはとても大切です。なぜなら、自分が他人にされて嫌なことや哀しいことは、けっして人にはしないということがソシアルワークの基本なのですから。

身ぎれいに、気持ちよく、清潔に

清潔感がある人でいたいなら、目で見えるところより、目に見えないところをできるだけきれいにすることです。目に見えるところは、気をつけていれば行き届きますから、きれいになっているのはあたりまえです。でもそれは、ふつうと言えばふつうです。僕は、目に見えないところをとくにきれいにしたいと思います。

足の裏とか耳の裏、爪のなかなどがきれいな人でいたいと思うし、だれも気づかない、だれも指摘しないところを清潔に保っておくことが、僕のせいいっぱいの礼儀です。別の言葉で言うなら、感謝の気持ちの表れとも言えます。

目に見えないところとは、体の細かいところだけではありません。たとえば、心のなかですとか机の引き出しのなかなどもそうです。こういうところがいつもきれいに整頓されているのも、人の前に立つときや、誰かと出会ったとき、つまり、自分らしさを見てもらいたいときの、マナーのひとつだと思います。

ざっくばらんに言ってしまえば、今まで冴えなかった人が、すぐにセンスのいい人に変身するというのは、なかなかむつかしい。センスとは、それまでに身につけてきた自分の価値観や美意識を礎にしてにじみ出てくるものですから、どこかから持ってきて、今までの自分にパッチワークするのもおかしな話です。けれども、「あっ、センスがいいな」と思うことは、清潔に保たれていることだったり、きちんとしていることだったりすることが多いのです。

もしもあなたがおしゃれに自信がもてなければ、洋服を買いに行く前に、まず身ぎれいにすることです。たとえ身につけているもののセンスが今ひとつでも、センスをよくしようと思って、いつもより清潔にしていれば、それだけでまわりの人たちの感じ方が必ず変わるはずですから。

センスがよくなるということはおしゃれになるということではありません。たまたま隣りに座った人でも会社の同僚でもいいのですが、だれかに好印象を持ってもらえるということ、それがセンスがよいということです。たくさんの人が好印象を抱くような人こそ、センスがいい人と言えるのでしょう。

コーディネイトが上手などということは、センスのよさに付随してくることではありますが、根源的な条件ではありません。だからセンスのいい人をめざすなら、おしゃれになろうとするのではなく、好印象をもってもらうために清潔な人になろうとするほうがいいと言えるでしょう。ひとつのチャレンジとして、清潔感が増すことをしてみるだけで、「なんだか最近センスよくなったね」と言われると思うのです。

石けんでもヘアブラシでもいいのですが、人をきれいにする道具というのは、文明が発祥したときからあります。太古のころから、人にはきれいでいたいという気持ちや欲求があったのでしょう。これはとても面白いことですね。だから、センスをよくするために、最初にするべきことは、洋服を買いに行くことじゃないということです。

街に出かけるときのおしゃれは何かというと、ちょっと前までは、それは綺麗なワンピースを着たり帽子をかぶったりすることでしたが、夏であれば清潔な素肌というのがおしゃれなのだと思います。では冬のおしゃれは、と聞かれたら、高級なコートとカシミアのマフラーではなくて、寒くても背筋を伸ばしてさっそうと歩くことというのが正解です。

あいさつ上手になる

社会とのかかわりあいを意識し始めると、自然に人に好印象をもってもらいたいという気持ちが強くなるということをわかっていただけたと思います。

そうすると、ささいなことに見えるかもしれませんが、あいさつのしかたがおのずと変わってきます。あいさつはとても大事なものですが、センスのいい人はあいさつがとびきり上手です。

まず、そういう人は、いろんなあいさつの仕方を知っています。

いつ、どこででも元気よく「こんにちは」と言えばいいわけではありません。たとえば電車のなか、人ごみのなか、道を歩いているとき、レストランやお店で会ったとき――それぞれの状況によってあいさつの仕方は違いますから、ＴＰＯがあるわけです。

センスのいい人は、相手をとびきりうれしくさせるようなあいさつの仕方ってなんだろうということを、いつも考えてあいさつをしています。何かをあげるわけではないのだけれども、ひとこと「おはよう」というだけで、相手がプレゼントをもらったように気持ちがよくなる、というようなあいさつ。想像力を働かせることでそれができて、しかも、恩着せがましいことのないスマートなあいさつができるというのはセンスのよさにかかわってきます。

あなたのまわりにはそういうあいさつ上手な人はいますか？　上手なあいさつをしてくれる人を見つけたら、それをお手本にして、「あ、素敵だな」と思ったことをすなおな気持ちで覚えておいて、自分でも真似してみることです。

ひとつ僕が大切にしていることは、「おはよう」とか「こんばんは」というあいさつには必ず相手の名前を添えるということです。「こんにちは、松浦さん」とか「松浦さん、こんにちは」というふうに。よく知っている人と交わすあいさつでも、名前をつけてもらえることは、とてもうれしいものです。とくによく知っている人であれば、自分の存在をとても大切にしてくれているような気持ちになるのです。とくに親しい間柄でなくても、自分のことを覚えてくれているというのが、うれしくないはずはありません。

だから、会社で、ついこのあいだ入社してきたばかりの人に対しても、「おはよう○○さん」とあいさつするようにしています。そうすればきっと自分の存在を認めてくれているという気持ちになってくれるでしょう。

かりにこれが「やあ」とか、誰にでも言う「おはよう」だけだったら、自分の存在がたくさんのなかのひとりにすぎない小さなものであると意識させられて、気持ちがしぼんでしまうだろうと思います。

だから名前を添えるというのも、簡単にできて、上手なあいさつの仕方なのです。

会社では敬語で

会社では、僕は敬語で話します。名前には必ず「さん」をつけます。

何かに打ち込んでいると、時には、真剣になればなるほど、感情的になってしまうことがあるでしょう。そういうときは、知らず知らずのうちに言葉が強くなりがちですが、それでも敬語を使うようにしています。そこはとても大事なことだ、という気がしているからです。

乱暴な言葉で高圧的なものの言い方をしてしまうと、相手が委縮してしまいますから、言いたいことが伝わらなくなってしまいます。敬語で話しても、大事なことにきちんと釘を刺すことができるし、許さないことは許さないと言えます。「僕にはとても違和感がある」とか「僕だったら違う方法をとると思う」とか、そういう言い方をします。

別にパワーハラスメントを気にしているつもりはないのですが、ことばは刃物みたいなもので、本当に人を傷つけたりすることがありますから、よほどのことがないかぎり、乱暴なことば遣いはしないようにします。相手も生身の人間ですから、傷つけられれば血が出るのです。

ケースバイケースですが、人を注意したいときでも、「こういうやり方はやめようよ」とか「次から注意しようよ」などのように言うことで、頭ごなしに注意することがないようにします。

失敗とかミスとかうっかりとか怠けなどは誰にでもあることですから、それを一方的に注意すると、言われた相手ばかりでなく、言った自分も嫌な気持ちになります。物事に白黒をつけることは大切ですが、お互いの気分がよくなる言い方をさがすほうがいいに決まっています。

仕事上で誰かを注意しなければならない場合は、まず、相手のこういうところを高く評価しているという話をしてから、そのあとで、「でも今日のこれはいけないことだと僕は思います」とか「二度とあってはいけないことだと思います」と言います。こうしなければ相手の心に届かないと思うからです。

僕は編集者ですから、つねにどうしたらうまく伝わるか、ということを考えるのは習性のようなものです。仕事でつきあいのある相手ばかりでなく、会社の部下に対しても同じように、言いたいことは、どうやったら十分に伝わるか考えています。

今これを言っても伝わらないと思ったときは、言わなければいけないことも、結局、言わずじまいにすることもあります。時間をおいて、違う機会に言うこともあります。人への注意は、溜飲を下げるためにするものではありませんから。

このように相手のことを考えて話すことは、敬語を使っているからこそできることかもしれません。

お店で値段を見る前にすること

行動やものの言い方の根底にあるのは、「自分がされて嫌なことや、自分がされて哀しいことは、人にはしない」ということです。

お店で買い物をするとき、しないようにしているのは、とてもシンプルなことです。あるショップで品物を見て回っていて、たとえば、そこにあったシャツに目が行ったとします。このとき僕は、値段を見るということを絶対にしません。それは、自分がされて嫌なことだからです。

すぐに値段を見て、「ふーん」と物事を判断されるということがすごく嫌なのです。いまどき詐欺のような値付けをする店など、まずありえません。高かったら高い理由が、安かったら安い理由が必ずあるのです。だから、「これは、すばらしい」、「これは、いいな」と感じたならば、値段が高いか安いかで判断する前に、まず自分のその気持ちを品物を見るときの入り口にしたいと思います。最終的に、「この値段は自分には高い。とてもいいかもしれないけど、ちょっと買えないな」となることもありますが、値段を見ることがその品物との付き合いの最初にくるのは間違っていると思うのです。

そこに表示されている数字でものを判断する人は、初めて会う人に対しても同じようなことをするでしょう。だから表示されている数字だけしか見ないで物事を拒否することは、その先に起こる素敵なことを、みすみす逃しているのと同じです。

ショッピングをしていて、「あのシャツがいいな」と思ったら、まずすなおな気持ちで、それをよく見るべきです。値段のことを考えずに、どうして気に入ったのかなとか、どこがいいのかな、というのを見るほうがいいでしょう。そして、手に取って、自分が感動したあとに、お店の人に「これ、おいくらですか」と聞きましょう。ここまですれば「十五万円です」と言われても、「ああ、やっぱりそうなんだ。これだけ素敵なんだから」と思えるでしょうし、「いつか自分も買えるように頑張ろう」とか「貯金して買おう」という気持ちになりますよね。そのほうがずっとセンスがいいことだと思います。

最初に値段を見るという行為は、これから感じるはずの感動を手放してしまっているようなものです。ポケットに手をつっこんで、「これ、いくら？」と言う人にはきっと悪気はないのだけれど、自分の店にもそういうお客さんがいて悲しいと思ったので、僕はしたくありません。

こういうのも、ひとつのソシアルワーク（社会貢献）です。

自分のスタンダードを整理しておく

家族のあいだでも、人とのおつきあいでも、そしてもちろん仕事の場でも、大きな事柄を決めているのは、じつは小さなことの積み重ねだと思います。ごく常識的な習慣、だれもがふつうに暮らしのなかで行なう当たり前のこと、たとえば、朝きちんとあいさつをすることとか、使ったあとは片づけておくこととか、何かをしてもらったら「どうも、ありがとう」とお礼をいうこと、などがそうです。逆に、この小さなことの積み重ねがおろそかになっている人が、人の信頼を得たり、選ばれたりするはずがありません。

みんなそれぞれ、自分なりのこの小さな習慣や約束ごと、つまり自分にとってのスタンダードを持っていると思います。けれども、それをいつでも取り出せるようにきちんと整理してある人は少なくて、ほとんどの人は心のなかの引き出しにくしゃくしゃにしてつっ込んであるだけになっているのではないかと思います。

それをていねいに整理して、自分にとってのスタンダードになるものは何なのかを、まずは洗い出してみましょう。そして、きちんとあいさつをするとか、きちんと片づけておくとか、規則正しい生活をするとか、こうした小さな事柄をひとつひとつ取り出して、整理して、心のなかにわかりやすくしまっておくのです。そうしておかなくては、いざ毎日の生活に生かそうと思ってもうまくいかないものです。「朝にすること」、「寝る前にすること」、「外に出たらすること」、あるいは「これは絶対しないこと」と、分類してみるのも整理のしかたのひとつだと思います。

人にしてあげたいこと

またささいなことであっても、自分が人にしてもらってうれしいこと、言ってもらって励まされることは、積極的にしてあげましょう。僕も、ささやかだけれど人に喜ばれるようなことをしてあげようといつも思っています。なかなかそれを実現することはむつかしいけれども、いつかは自分もできるようになろうと心がけています。

今日の自分のなかで、人にしてもらったらうれしいこととは何だろう、と考えますが、それは昨日の自分がしてほしかったこととは違います。でも昨日の自分と今日の自分が違っていることこそが、自分らしく日々をすごすためのモチベーションになっているのだと思います。そして、今日は自分がこんな気分だから、人にこんなことをしてもらいたいというのがあれば、まず自分のほうから積極的にしてあげることです。

人に喜んでもらえるのが何であるかを、僕たちはいつも手探りで探しています。もしも喜んでもらえなかったら、「ああ、あんまり喜んでもらえなかったな、きっと違うものがあるんだろうな」というふうに、自分の好奇心を違うところに向けて喜んでもらえそうなものを探すわけです。人を喜ばせるということは、毎日その繰り返しです。今日のこれはいいかもしれないけど、明日のこれはいいかもしれない、というふうに。これは手がかかることですが、僕は生きるということはそういうことだと思っています。生きるためのマニュアルなんか、あるわけありませんから。

「よくも悪くもない」という落とし穴

さて、ここで立ちどまって考えておきたいことがあります。相手に好印象を持ってもらうためには、悪い印象を与えないというのは当然ですが、よくも悪くもないという印象を見直すことの大切さです。

僕がいつもとても強く意識しているのは、自分は選ぶ側ではなくて、それ以前に選ばれる立場にいるということです。「自分はこの人と友だちになりたい」ではなくて、たくさん人のいるところで、他の人に、「この人と友だちになりたい」と思ってもらえる人でいたい、ということです。選んでいるつもりでいた自分というのは、じつはいつも人から選ばれている立場にいたわけです。

そのためには、すくなくとも好印象をもってもらえる努力をしなければならないと思います。それが好印象ではなく、よくも悪くもない程度の印象だったら、結局は選ばれないからです。

仕事でも人間関係でも、つねに自分は人から選ばれているんだ、ということをあなたももっと意識するべきだと思います。

僕が初めて幼稚園に行ったときの記憶です。お互いに知らない子どもたちがひとつの部屋に集められていました。二、三歳の幼い子どもでも、集団のなかに自分がひとりで放り込まれれば、「いっしょにいるのは、だれがいいかな」と考えるものです。僕も本能的に「だれとしゃべろうかな」とか「だれの近くに行こうかな」というふうにまわりをうかがっていました。

結局、人は何かを感じながら、人を選ぶものです。だれかを選ぶということは、とりもなおさず自分が選ばれているという立場になることでもあるわけです。

この事実は、その後の人生のなかにも、繰り返し同じような経験として現れて、たとえば、知り合いのいないパーティーに出席することになってしまったとき、「だれに話しかけようか」とあたりを見回して、ひとりで来ていて話しかけたら面白そうな人を探しだして、近寄ったりするわけです。自分が選ばれなかったら、応えてもらえませんから、これも同じようなことですね。

「はじめまして」と、あなたの職場に五人程度のアルバイトの人がきたと想像してみてください。よくあるように、外見はほとんどみんな同じような感じです。それなのに、ぱっと見て、あるひとりを「君は僕のアシスタント」、別のひとりを「君はこの仕事を手伝ってください」というふうに引き抜くことはよくあります。自分がそうやって選ばれるとうれしいのは、簡単に想像できるでしょう。

だから似た状況で、僕は自分が選ばれないというのは、自分の問題なのだと思いました。選ばれなかった責任はこちらにあるのだから、それを改めれば自分も選ばれるようになると考えたのです。選ばれる理由は、持って生まれた姿形ではない、だから誰でも選ばれるようになれるのだ、と。

仕事でも同じです。職場は、基本的にみな平等です。けれども選ぶ側から言うと、平等ではあるけれど、人は機械ではないから、たくさんのデータがそろっていても、最後は直勘のようなところで判断するわけです。

そうなると、さらに選ばれる人と選ばれない人の差は大きいものになります。僕も誠意をもって選んでいますが、それでも、AさんかBさんかという最後の決め手は直勘に頼ったりします。世の中にはこれに似たことがたくさんあります。そのときに選ばれる自分でいたいものですし、選ばれなかったとしても選ばれる自分に変わることができるのだと思います。

選ばれる自分を意識する

十人の人がいたとして、一人選ばれて九人選ばれない、という極端なことはめったにありません。十人いたら、じつは九人が選ばれると僕は思っているのです。世の中には、なにかしら役割がありますから。でも一人、選ばれない人もいる、それも現実でしょう。その一人になってはだめだと思うのです。

十人のうち一人しか選ばれないというのはとてもハードルが高いことですが、十人のうち九人が選ばれるのだったら、それほどハードルの高いことではないと思うのです。いつも九人とはいかなくて、たまには七人だったり八人だったりするけれど、それでもけっして飛び越せないハードルではありません。

人は、選ばれる自分というものを意識したときに何かが変わります。無意識に選ばれない自分を受け入れてあきらめるのではなくて、選ばれる自分をめざすということが、心を開くということにつながるからでしょう。

ところで、選ばれる理由というか、コツというのはあると思います。

それは人を認めるということです。

だいたい選ばれない人というのは、自分以外の人を認めていないことが多いものです。

つまるところ、いつも自分は認められたいと思っている人ほど、選ばれないのです。なかなか「この人！」と指をさされない人は、「では、あなたは誰を認めているの」と聞かれるとことばにつまることが多いのです。

たとえば、まだ新人で立場も下であるにもかかわらず、まわりの人を小馬鹿にしていて人の言うことに耳を貸さないし、あいさつもきちんとしない、という人があなたの職場にいませんか。そういう人は怠けているというのではなくて、まわりの人を認めていないのだと思います。認めていないからそういう態度をとるのです。これではだれも彼を選びません。

だからもし自分を選んでもらいたい、認めてもらいたいと思ったら、まず自分がまわりの人たちを認めましょう。よく見れば、まわりの人にも素敵な部分、よい部分を見つけることができるはずです。そうすれば自分のことを認めてもらえるでしょう。

何度も繰り返しますが、してもらいたいことがあったなら、自分が先にそれをしない限り、誰もしてくれません。選ぶということは認めてもらうということですから、自分が選ばれたいのなら、まずは自分がまわりの人を認めることです。

日払いのバイトで学んだ人生の教訓

僕は高校を中退したときに、生きていくために日払いのバイトをしなくてはなりませんでした。今はもうありませんが、その当時、山手線の高田馬場近くに公園があって、朝の五時くらいに行くと労務者たちがたくさん集まっていたのです。そのほとんどが浮浪者みたいな人たちです。

そこに建設会社の人たちがトラックでやって来て、人を調達していくのです。そこで得られる仕事というのは、社会のいちばん底辺とでもいうのでしょうか、汚くて人がしたくない仕事、もしくは危険な仕事なのです。でも日払いなのですぐにお金をもらいたい人が集まってきていました。外国人もいたし、おじいさんもいました。

僕はそのとき十七歳だったのですが、そういう人のなかに交じって公園に立っていました。そして、若かったせいもありますが、必ず選ばれていたわけです。

ここでは病気で具合が悪そうな人は誰も使いません。元気で潑剌としている者が選ばれるのです。選ばれるだけではありません。こういう仕事のなかでも、いい仕事がもらえたわけです。だけど見るからに具合が悪そうで、酒焼けして顔が真っ赤なおじいさんは、いちばん大変な仕事しかもらえませんでした。しかもいちばん安い賃金です。

だから、いちばんいい仕事に選ばれるには、まずはほがらかでなければいけないし、元気ではきはきしていなければいけないし、どんな重たい荷物でも持てますよ、どんな使い走りでも走りますよ、というやる気のアピールをしないといけなかったのです。

そのときの経験が今の自分のなかの、ひとつの指針になっています。

公園で選ばれるときは、もう、胸はどきどきしていました。だいたい名前なんか覚えてもらえない世界です。僕は自分の名前をきちんと言っていましたが、そういうところに来る人はだいたい偽名を使っていますから、名前なんか言ってもだれも本気で覚えてくれたりしません。

でも毎日立っていると、親方みたいな人が来て、「そこの君、おいで」と引っ張ってくれて、そのたびに「よかった」と胸をなでおろしていました。

このときの選ばれる努力というのが、自分にとってほかでは得がたいいい勉強になったのだろうと思っています。

すすめられたことは試してみる

世の中には、ファッションセンスがいい人とそうでない人がいます。けれどもファッションセンスが悪い人をだめな人だとは思いません。ファッションセンスなど、意外とどうでもよいことなのです。人にはそれぞれの好みとか趣味があるので、自分のものさしだけでは計れないからです。だからそんなに簡単に人を決めつけることはできないと思います。自分のアンテナなんて、ささやかなものです。だいたい、自分の関心や好みのフィールドの外に足を運ぶというのは、想像以上にむつかしいことですから。

そこで、僕は人が熱心にすすめているものは、たとえその人が自分の趣味とは異なる趣味の持ち主であっても、できるだけ試すことにしています。

ときには失敗しますけど、それはそれでいいのです。ほかの人が言った「これ、いいよ」というものや、「これめちゃくちゃ面白い本だよ」、「これ、すごくおいしいよ」と

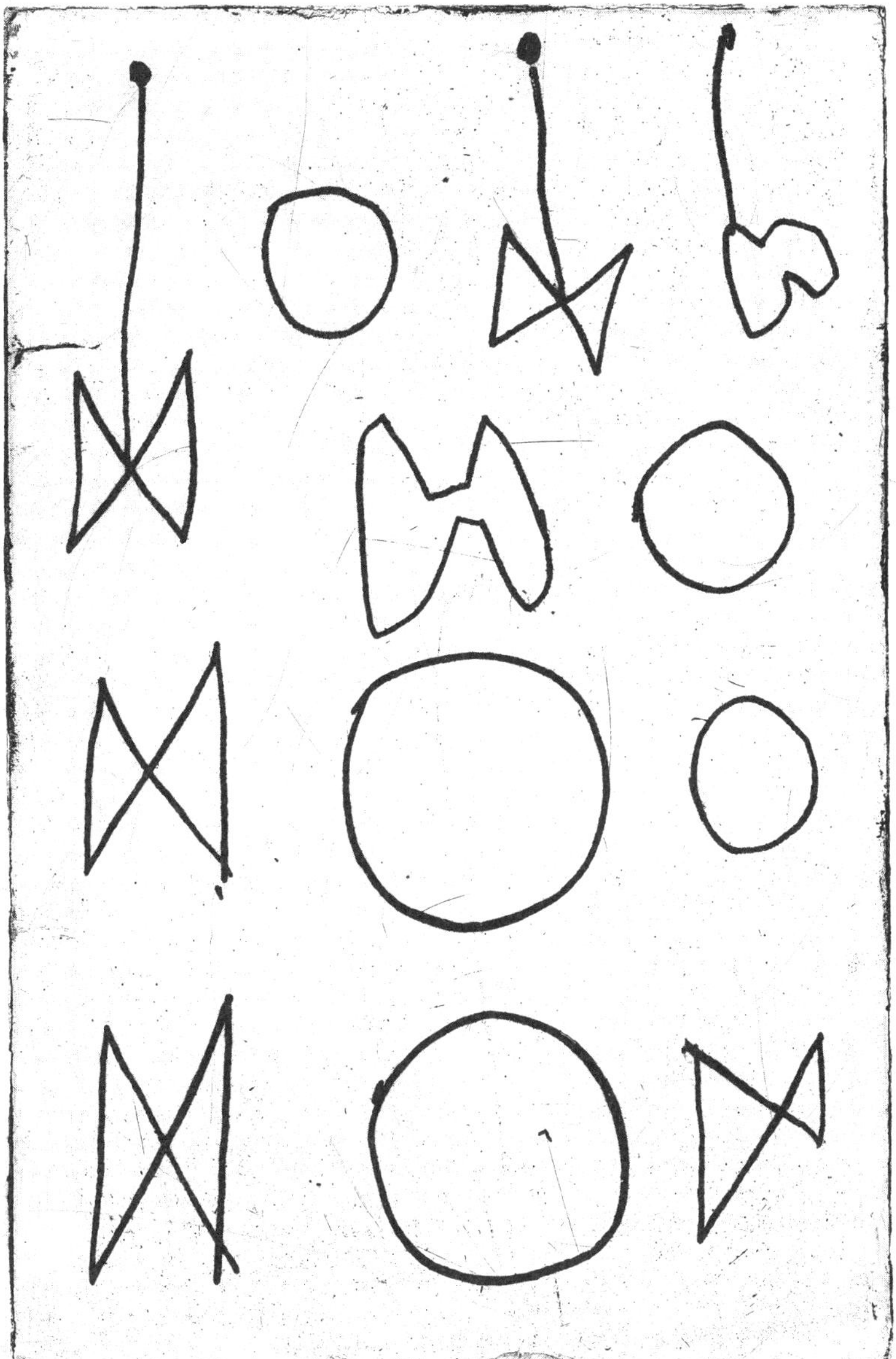

いうものは、絶対に体験してみます。

そういうことで、いつもすごいなと思ったのが、ある高名な料理研究家です。お名前をH先生としておきましょう。

H先生のお宅に仕事で伺ったときのこと、「カレーは最近どこがおいしいの？」、「ラーメン屋さんは、どこがおいしいの」と聞かれました。これは社交辞令だと思って、僕も「カレー屋さんなら、あそこが好きですよ」とか「ラーメン屋さんは、ここがおいしいですよ」とか応えました。僕の挙げたお店は自分ではよく行くお店ですが、絶対にH先生が行くようなお店ではないのです。でも、僕はそこが好きですし、おいしいと思っているので、先生にそう言いました。

ところが、次にお会いしたとき、先生は本当に僕のすすめたお店に行っていたのです。これには感動して、すごいと思いました。そして、こういうふうに足を運ぶから、H先生はセンスがいいし、年下の僕らとも楽しく話ができるんだなと思いました。

「どうでした？」と聞くと、「うーん、今イチね」などと言って笑っておいでです。そうやって自分の経験を楽しんでいるのです。うれしくなって「僕は大好きで何回も行くんですけどね」と言うと、「私の口には合わないわ」。素敵です。

H先生は、すごく本が好きで、たくさん本を読むそうです。あるとき、「先生、どんな本を読むんですか？」と聞いたら、ベストセラーは全部読むのだそうです。

それで、「『断捨離』も読みました」と先生。

「断捨離なんかする必要はないじゃないですか、こんなにいいものばかりで素敵な暮らしができているのに」と僕。

「いや、でもどんなことかな、と思って読んだの」。

いいと言われているものは、偏見を持たずに必ず試してみる、H先生のそういうところが素晴らしいと思うのです。みんながいいというものや、誰かがすすめてくれたものは、時間が許すかぎり経験しておくべきだと僕も思います。それをするかしないかの差は、本当に大きいと思います。

体験してみての失敗・成功、良い・悪いはあまり関係ないのです。どっちでも自分の身につくことになるのですから。経験とは情報を増やしていくことですから、そういうことの繰り返しで、ようやくセンスのよさというのは築かれていくのです。

さらにこうして、人のすすめてくれたものを実際に試していると、次に、H先生は、別の人とも、「このラーメン屋、行ったことがあるのよ」ということで会話ができるようになるでしょう。

また、本当にコミュニケーションがとりたかったら、「らしいわね」じゃなくて、「行ったわよ。私、並んだわよ」と言いたいところです。「暑いなか並んだけど、結局、残したわ」でもいいのです。こういうふうに話すのがコミュニケーションで、それは実体験があるからできるものです。「らしいわよね」とか「人が言うには……」では、コミュニケーションできません。センスのいい人というのは、そういうことができる人です。

だから僕も、若い人とか友だちがすすめてくれた本、「ここ、いいよ」と言ってくれたところは、できるだけ読んだり、出かけて行ったりします。自分にフィットするかどうかの確率は高いわけではありませんが、それでいいのです。

僕は、昔、ライブドア元社長の堀江貴文さんが苦手でした。テレビや雑誌が報道する印象は最悪に近いものでしたし、お金で何でも買えるなんて平気で言うのは、なんか嫌だなと、要は違和感を感じていたのです。

しかし堀江さんの本を読んですごく感動したある人が、僕に「ホリエモンってどう思う?」って聞いてきたので、「あんまり好きじゃないんですよ」って応えたのです。そうしたら彼が、「でも、読んでみたら」とすすめてくれたので、「えーっ、やだな」と思いつつ、試しに読んでみたら、「この人、すごい！」と、大好きになってしまいました。それ以来、堀江さんの大ファンで、彼の本は全部読んでいます。

そういうことも起きるのです。じつは感動というものはたくさんあるはずなのに、自分の知識だけで選んでいると損をしてしまいます。食わず嫌いというのは、本当によくないことです。

自分の好みでないもののなかにもいいものがある

当然のことですが、興味がないもの、好みでないものは、世の中にたくさんあります。大切なのは、それらに対する態度です。興味があるものや好きなものに対しては、にこにこ顔になるのは当然で、それは努力しなくてもできます。でもそれ以外のものを全部拒否して生きていくことはできませんし、そんな不幸な生き方はないと僕は思います。だいたい、そんなに自分がものをよくわかっているかどうかだって怪しいものです。

だから、興味がない、好きでないものに対しても、積極的になれとは言いませんから、せめて「なんだろう」と思う気持ちとか、ひとつくらいいいところを探すような気持ちを持って接するように心がけたいものです。

僕の体験からすると、そこには新しい自分を発見させてくれるきっかけが潜んでいることが多いのです。自分の知っている世界というのは、もうすでに経験を繰り返してワンパターン化した世界のなかにいるようなものです。だからそこで得られるものも、そんなに大きく変わることはなくて、すでになんとなく決まっているものです。

でも、自分が知らない場所に行き、知らないものを見るとどうでしょう。思いがけない発見がいっぱいあって、「あ、こんな素敵なことが、こんな場所にあった」と感動するようなことに出会えるのです。

だから僕は、人からは誘われなくても、みんなが楽しいと言っている場所には、とりあえずひとりで経験しに行ってみます。

そうすると、「こういう理由があるからみんな夢中になるんだな」とか、「自分もこんなに幸せな気持ちになれるんだな」とか、「行く前は、ちょっと嫌だなと思っていたけれど、それが覆されちゃったな」ということがとても多いのです。

これは以前、別の本でも書きましたが、ふと自分の興味とか好みから外れる場所に敢えて出かけてみたいと思って、メイド喫茶やＡＫＢ劇場のある秋葉原に行ってみたことがあります。

メイド喫茶のことをよく知らなかった僕は、まず秋葉原をよく知っていそうな、それらしい人に声をかけて、「メイド喫茶でいちばんいいお店を教えていただきたいのですが」と尋ねました。そうすると彼は快く「あそことあそこがいい」と教えてくれました。その日はなんと、メイド喫茶を梯子してしまったのですが、メイドさんと写真を撮ってそれにサインしてもらったり、たくさんの人がいる前で「ご主人様、どうぞ、ステージへ！」とマイクで呼ばれて、ステージでいっしょにゲームをしたり、それはどれもお金を払うのですが、とても楽しかったのです。

名前を呼ばれたりすると多少どきどきしましたが、なぜみんなが行列に並んでまでここに来るのか考えることができましたし、自分のふだんの生活とはほど遠いかもしれませんが、行ってみて面白かったのです。

人に話すと、「そんな場所に行くんですね」と驚かれますが、興味も持つこと、好奇心を持つことがあると、そういうことは意外に平気になるものです。

そして、こうして出かけていって触れたことは、前にも書いたように、僕自身の「実際の体験」です。これが人から聞いた話だったり、インターネットや本を通して知ったことだと、二次情報や三次情報ですから、僕の体験ではありません。

また、自分で体験してきたことですから、人に話したくなります。話すべき内容はたくさんありますから、友だちたちは喜んでくれます。

同じようなことはほかにもあって、たとえば、一〇〇円ショップには素敵なものがたくさんあるのだということも体験しましたし、ユニクロに思わず手にとってしまうくらいおしゃれなものがあるのも知っています。あれだけ人が集まっている場所には、必ずいいことがあるわけです。

けれども、こういう場所はだれかといっしょに行くと、すなおになれないときもありますから、僕はひとりで行くことにしています。

自分の好みに縛られない場所に行くと、「人って、こういうことを求めているんだ」とか「こういうことにお金を使いたいんだ」ということがわかってきます。

想像もしていなかったすごい発見をたくさんして帰ってくることになります。たとえば、松屋の牛丼もそうです。ふだんの僕は食べに行くことはありませんが、これだけツイッターでつぶやかれていて、どうやら二十代の人たちのあいだでは常識らしい、最近では女の子たちも抵抗がないようだ、ならば行ってみなければ！　とある日、店に入ってみました。「いちばん人気のあるメニューを食べてみようかな――もうそれは自分ひとりの問題だから、食べきれなければ残したっていいじゃない」、と自分も楽しみます。人から見ればあなたらしくない、という場所があれば僕は敢えて行く――そういうこともセンスを磨くには大事です。

知らないことは知っていそうな人に聞く

秋葉原のメイド喫茶に行ったとき、本やインターネットで店を調べて行かなかった僕は、それをよく知っていそうな、いかにもオタクという人にどこがいいか尋ねました。自分が知らないことは、この人と思える人に聞くのがおすすめです。

秋葉原のことだったら秋葉原に行って、表参道のことだったら表参道に行って聞くのです。そうすると、思わぬ出会いもあるし、思わぬ出来事も起こるものです。

僕がそれがいちばんいい方法だと思ったきっかけは、二十代の初めにアメリカに行ったときのことです。外国に行ってみてわかったのですが、日本では当たり前の情報誌は、じつは特殊なもので当時のアメリカにはそれに当たるものがありませんでした。だからたとえばリーバイスのデニムを買うにはどうしたらいいかというと、人に聞くしかないのです。デニムに限りません。食べ物でも、かばんでも、「それはどこで買ったの？」と聞かないと情報収集できないのです。要するに直接人に聞くのがいちばん確かで、間違いのない情報なのです。というわけで、僕はその方法に行きついたわけです。

今はみんながインターネットやラインでつながっていて、どこかに行ったりするのにもグーグルマップを見たりします。僕はグーグルマップで調べて行くことはありません。検索もほとんどしたことがないくらいです。

それは、わからなければ人に聞けばいいと思っているからです。「あ、すみません……」と声をかければいいのです。たとえ断られたとしても、そうそう十人に連続で断られることなどありえません。

道順ばかりではありません。知らない店に入って、その店でいちばんおいしいものを聞いたり、どれがおすすめかを聞くこともよくあります。こういうことは上手な選択をするために大事なことなのです。

もしも誰も何も僕に教えてくれなかったら、僕の尋ね方が悪かったのかもしれません。それが自分のコミュニケーションのしかたを見直すきっかけになるでしょうし、どういう人に聞いたら教えてくれるかという技術も身につくのです。

たとえば、自分がおしゃれになりたいと思ったら、雑誌を読んだりする前に、自分のまわりにいるいちばんおしゃれな人に聞いたほうがいいのです。「そういう着こなしってどこで学んだの」とか、「そういう服ってどこで仕入れるの」とか。

国境のようなもので自分をしばることなく、当たって砕けろとジャンプするような気持ちで、街に出てじかに情報を集める、それは何よりとても楽しいのです。

失敗することが大切

これから今日は、銀座に行こうと思います。さあ、お昼に何を食べましょうか。

そこで、銀座を歩いていて、この人ならおいしそうなものを知っていそうという人に

「すみません、このへんで何がおいしいですか」と聞くと、意外に快く教えてくれます。

そういうことを繰り返すと、当然、「これはだめだったな」とか「これはよかった」とかいうものが出てくるわけですが、ここで大切なのは、「失敗をする」ということなのです。「ここはおいしいよ」とすすめられて行ってみたら、ちっともおいしくないということもあるのです。これは失敗です。

でもここで僕は強調しておきたい。失敗の経験というのはとても重要で、失敗がないといいものはわからないのです。いつも失敗しないで、「当たり」ばかりが続くと、人間というのは、それがふつうになってしまいます。

そうなると「当たり」に感動しなくなってしまうのです。だから、いつも失敗することはよしと考えています。

たとえば、人に道順を聞いて行ってみたけれど、実際はそれがとても遠まわりだったとしましょう。けれども、その経験があるから、近道を知ったとき、これは近くて便利だと、ちょっと感動するでしょう。最初から近道を知っているのは、いわゆる「当たり」なのですが、この感動は得られなかったことになります。だから、失敗をたくさんしている人はセンスがいい人だと僕ははっきり断言できます。

ほかにも、「君の態度、失礼だよ。そんなあいさつしていたら、だれにも相手にされないよ」と怒られたとしたら、怒られて失敗した人のそれから先の人生は、あいさつが上手になるはずです。

人というのは、自分がたくさん失敗をするから、どうしたらいいのか考えます。洋服を例にとっても、高いお金を出して背伸びして買ってみたけれどたいして着る機会もなく、箪笥の肥やしになったと失敗した人は、自分に何がよく似合うかわかるでしょう。

本やインターネットで調べるということは、最初から失敗をしない方法を選んでいることです。それは失敗から生まれる可能性も放棄していることになります。

もっと残念なのが、口コミやランキングで情報を得ようとすることです。こんなにたくさんの人が「いい」と言っているわけですから、大きく失敗することはありえないでしょう。でもそれが落とし穴です。「いい」という口コミで「当たり」を続けていると、自分で心から感動することができなくなってしまいます。それは発見ではなくて、確認という作業になってしまうのです。

だからこそ、失敗を楽しむくらいの気持ちの余裕は大切です。失敗すると、僕は心から「よかったな」と思ったりします。「ああ、よかった。知らないことを知ることができた」と。

知らないことや失敗は恥ずかしいことです。実際に恥もかきます。でもそれがないと、何も学べないのです。

フォーマルな場でのふるまいを学ぶ

人に教えてもらってセンスを磨くのなら、おすすめしたいのが、京都の高級旅館に行ってみることです。

行くと決めたところで、初めて訪れる最高級の場所ですから、どういうふうに自分が客としてふるまったらいいのかわかる人はおそらくいないと思います。

和室の部屋ですごすときの作法やなぜそうするのか、あるいは心付けの渡し方にいたるまで、わからないことばかりでしょう。僕もさまざまな失敗をするために、わからないことを人に聞くために、わざわざ泊まりに行ってみたことがあります。

こういう旅館の人たちは、高級であるということをよく知っている人たちをもてなすプロです。洗練されたセンスを学ぶのにこれ以上のところはないでしょう。だから最初の一回はひとりで恥をかきに行くつもりで訪れました。

失敗するために訪れているのですから、できないことを教えてもらったり、ときには自分で、「これはどういうことなんですか？　初めてなのでわからないのです」と質問すると、親切に説明してくれるものです。

そうすると、こういうときはこうしておかないといけないんだな、これが正しいやり方なのだと知ることができますから、次からはもう習得した人として、そういう場を余裕を持って楽しめるのです。初回というのは初めてなのだから失敗しても当然。失敗も楽しむような気持ちで、どこにでも行けばいいのです。

ひとりで行くことも大切です。友だちといっしょだと、恥ずかしい思いはしにくいですから。

この経験をとおして、センスのいいことがどういうことであるかわかったように思います。つまり、客として旅館の人たちに好印象を持ってもらうには、どのように振るまうのがいいかわかったのです。

この方法はけっしてクレバーではありません。僕はかっこをつけないということをとても大切にしていて、自分で意識的に取りつくろってかっこ悪いことを避けるというのは、本当はもったいないことだと思っています。

できるだけ好印象を持ってもらうために努力はしますが、それに加えて、なにかを飾るような、かっこをつけることをする必要はないと思います。

また、質問するというのは、たいていの場合、それほど嫌がられないものです。ですから、最初に何かを体験するとき、僕はいつも質問だらけです。その時にできるだけたくさん聞いておくようにしています。実際に時間がたってしまうと、いまさら聞けないということが意外にたくさんできてしまうものです。

2 センスを磨くアイデア

「センスがよい」を日本語で考える

美しい日本語のひとつに、「美徳」ということばがあります。

こうして「センスのよさ」とは何かをお話ししていますが、「センスのよさ」に替わる日本のことばは何だろうと考えていたときに、この「美徳」がそうだ、と膝を打ちました。

美徳ということばを、辞書を引いて調べてみると、「人に尽くす」とか、「人に対してすなおに生きる」とか、「自分自身にとても正直にすなおに生きる」というような意味だそうです。つまり美しい生き方とか、すなおな生き方とか、すなおな心、というのが美徳だと思うのですが、それは結局、僕の考える「センスがいい」ということにとてもよく似ていることを発見したわけです。

そこで、日本ならではの美徳というのがあるだろうと考えて、さらに調べてみたのです。すると、本来、日本人は自分たちの持つ美徳を美しいものとして誇りに思い、とても大切にして、学び続けてきた歴史があることがわかったのです。

日本人の美徳とは何かを考えるためには、自分の知っていることを整理したり、歴史を繙《ひもと》いてみました。あるいは、「日本人ってどんな人たちですか?」と外国人に聞かれたら、どう答えればいいだろう、という問いとして考えてみてもいいと思います。

僕もそうやって考えて、いくつか答えを見つけました。

「美徳」とは何か――

まずはじめに、「武士道」です。

次に、「徳を積む」。

よく言われる、「わび」と「さび」もそうです。

それから、「義理と人情」。

「粋」であること。

足るを知るという意味の「知足」。

「謙遜」というのも日本人独特の美徳です。

「無常感」。これも日本ならではの感覚でしょう。

「改善」。何ごとも、もっとよくしていこう、もっとよくしていこう、という気持ち。

最後に、「志」です。志を持つということ。

このように、全部で十個の美徳を挙げてみました。

「武士道」というのは、目上の人を心から尊敬して、自分の親に孝行して、自分に厳しく、そして、目下の者に対してはやさしくする道を説いたものだそうです。しかも、自分の敵に対しても尊敬心を忘れてはいけません。私欲とか欲望を慎んで、公正なことを尊び、つねに公正であることを自分で守るということが武士道だと、ある本に書いてありました。僕は、「武士道」は、侍の生き方に象徴されるようなストイックな生き方だと誤解していたのですが、じつは、それこそセンスのいい生き方を示したものなのでした。

また、「無常感」とは、無いものが持つ美しさのことです。断言できるほど熟知しているわけではありませんが、たとえば、綺麗に整えられた茶室のなかで「ここで美しいものは何でしょうか」と問われたとします。「壁にかけられている掛け軸が美しい」とか「そこに置いてある器が美しい」とか「花が美しい」というのが、無常とは反対の世界です。掛け軸や器や花というのは、何かが在るという世界です。もちろん在るものも美しさを持っているのですが、何がいちばん美しいかというと、じつは目に見えないその空間なのです。何も無いことが美しい——それが無常感です。

つまり、いつも心の中は満たされているほうがいいし、そうであれば幸せである、という考え方ではなくて、心の中にぽっかりと空いているスペースというものがいちばん美しいのだという考え方です。

別のことばで言うと、目に見えるものだけを追うのではない、という考え方です。これを最初に言語化したのは、安土桃山時代の茶人である千利休だと思うのですが、それまでは金銀財宝や何かがたくさんあることに価値があったのですが、美しいとはそういうことではなくて、何も無いというこの空間こそが美しいじゃないか、と発見したのです。こういうことは、非日常的なことだと考えがちですが、実際は僕たちの生活にもわかりやすく見えることです。

このように、ここに挙げた日本人の持っている美徳を、僕はひとつひとつよく学びたいと思います。

日本人だからこそ、これらの美徳を持っている人が素敵であると思えるのでしょうし、本来自分たちが受け継いでいかなくてはならないことなので、大切にして、学びたい

——そう意識するだけで、自分がとても大きく変われると思います。

だから僕は、こうして自分で挙げた十の美徳のひとつひとつについて、どんな意味があるか、どういうふうに暮らしのなかに取り込んでいこうか、と考えています。それだけで明日の僕は今日の僕とどこかが違うはずです。

出会ったときに、「あっ、素敵な人だな」と感じる人というのは、たぶんここで挙げた十の美徳のどれかがその人の生き方に必ず現われているにちがいありません。そうだから素敵だと思うのです。それはなぜかというと、僕たちは日本人だからです。きっと心のどこかにそういうふうにインプットされているのだと思います。

自分で調べて、こうやって見つけだした十の美徳は、自分のお手本にできるものです。僕は日本人ですから、日本人らしい美しさとかセンスのよさを備えたいと漠然と思っていましたが、それがどの方向に行けば見つけられるのかを、手に入れることができたと思っています。これがあるのとないのとでは大違いです。これから自分が向かうところの地図を持っていれば、いつかはそこに行けるからです。これはすごい進歩だと思って

います。

ことばにする人とよく考える人

「センスがいい」ということばは曖昧なものです。曖昧で、そのままではとらえどころがないものを、いかにわかりやすくかみ砕き、自分で納得していこうか、そのための手掛かりを得るためには、やはりことばにしてみなければなりません。人に話したりすることが大切になるのは、こんなときです。

僕らは互いにコミュニケーションをとる動物ですから、自分が気になっていることを、ぼんやり、曖昧なままにしていないで、きちんとことばにします。

この「ことばにする」ということもとても大事なことで、これができることも「センスがいい」ということのひとつだと僕は思います。

ここでいつも頭に浮かぶのは、小林秀雄がそうだったということです。批評家として文芸や芸術についての文章をたくさん残している小林秀雄は、誰もが知っているような

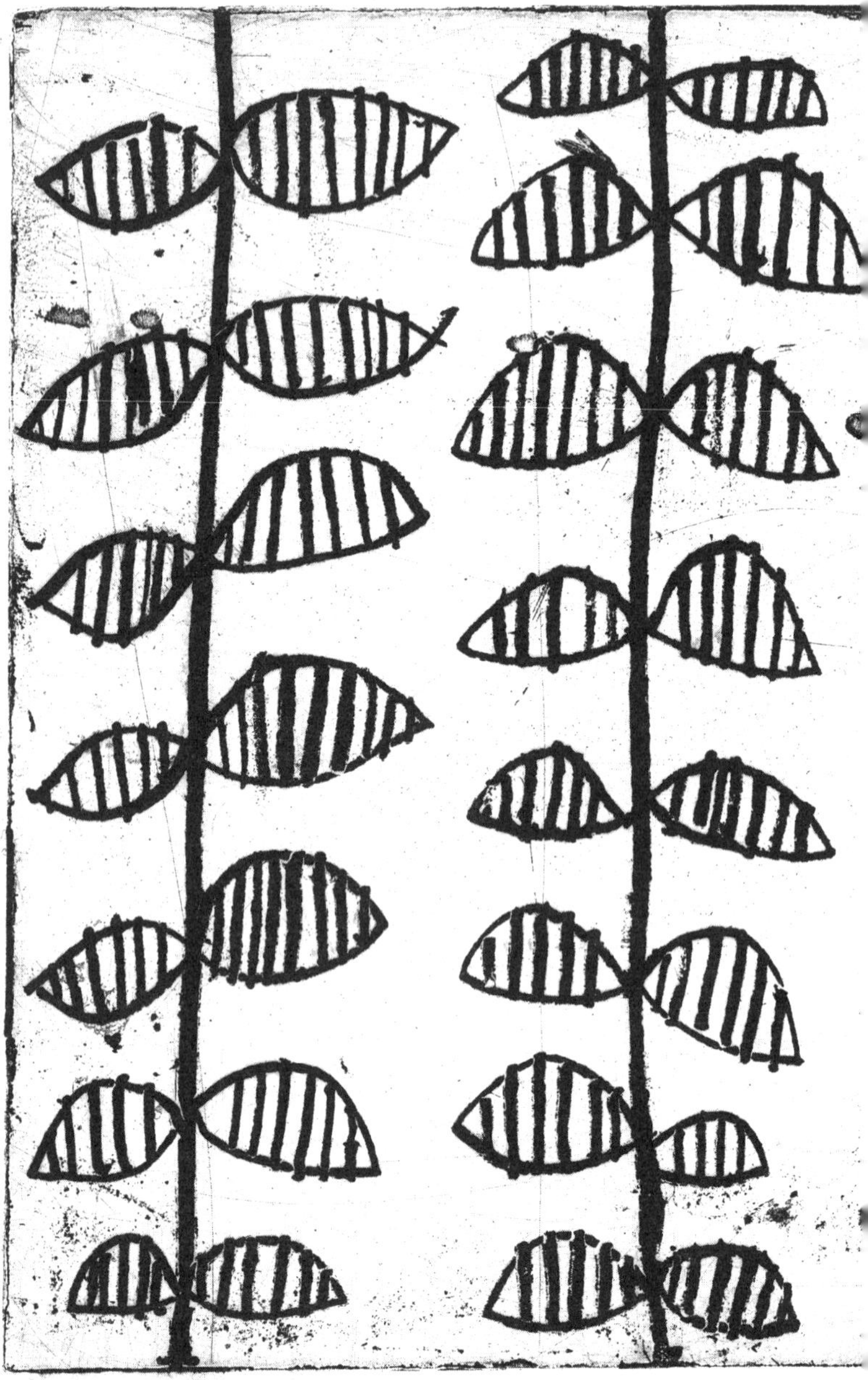

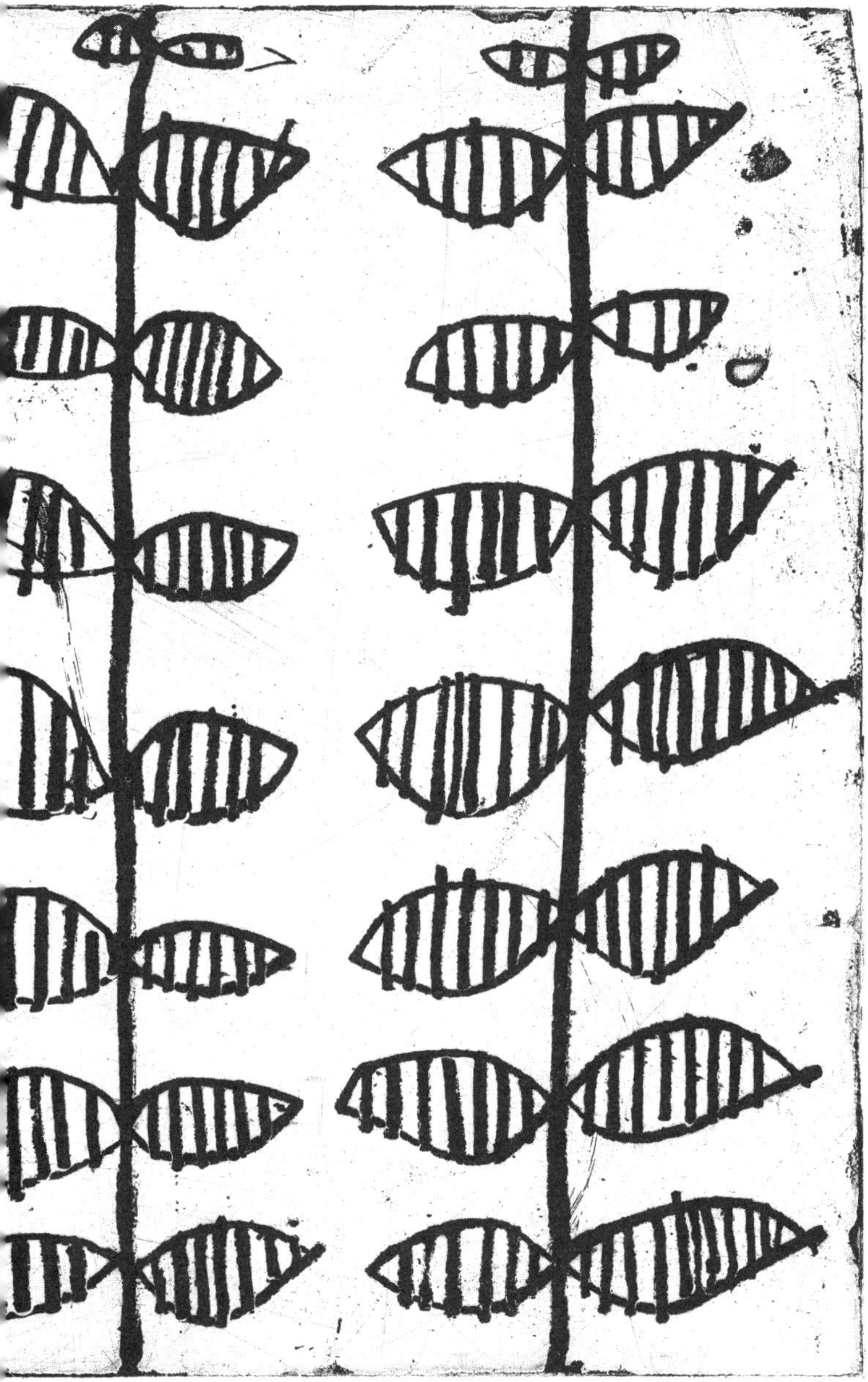

ごく当たり前なことだけど、ことばにできないというような事柄を次々とことばにしていきました。そしてそれを読んだみんなが、「はあ-、なるほど」と感心したのです。小林秀雄がやったこのようなことは、本気で考えてみることができれば、誰にでもきっとできるはずだと僕は思うのです。

語り合うというのでもいいと思います。語り合っているうちに、あるひとことがきっかけで、自分のなかでぼんやりしていたことにピタリと収まりがつくことがあります。そうでなくても、アドリブ的に、即興的に、人と話すことで、整理がつかなかったことが整理できるということもあります。

けれども、「語り合う」というのは、自分のなかのぼんやりしている事柄をはっきりさせる最善の方法ではありません。それはあくまで「そういうこともある」ということで、言うまでもなく、自分で考えることがいちばん大切です。自分でことばを見つけるということのほうが大切だ、ということです。

人が何かを考える過程のなかで、書くという作業はとても大事です。

僕のなかでは、「書くこと」が、すなわち「考える」ということなので、思考においては、書かなければ前に進めないこともあります。

自分の頭のなかでふわふわ漂っている、非常に感覚的なものをつかまえて、ひとつひとつことばに落とし込んでいくというのが「考えること」だと僕は思っています。つかまえてきてことばにしたものを文章にしていくと、さらにいろんなものが見えてきます。

文章を書くということは、たいへんな集中力がいることですし、時には苦しいことですが、その末に生み出されるものは、純粋な自己情報です。ひょっとしたら何の利益ももたらさないこともあるかもしれませんが、どこかから持ってきたものでない、完全な自分のものです。

残念なことに、ここ最近の傾向として、多くの人がものを考えなくなってきているように思います。下手をすると、そのうち「考える」ということばは死語になってしまうのではないか、とすら僕は感じています。「考える人である」というのは、「美徳」のひとつです。考えることができる人は、間違いなく魅力のある人で、センスのいい人です。

なんでも知っている人よりも、なんでも考える人になったほうがいい

『思考の整理学』や『知的創造のヒント』などの本を書いている外山滋比古さんは、よく「なんでも知っている人より、なんでも考える人になったほうがいい」と書いていらっしゃいます。

そのためには、どれだけ情報を遮断していくか、どれだけ入ってきた情報を忘れていくか——外山さんはそういうふうにおっしゃっていますけれど——僕もそれを実践しています。情報によって僕らの生活はどんどん便利になりますが、便利さに乗っていくことによって、失われていく能力も多いことを忘れてはいけません。合理性ばかりを優先すると、だんだん人が均一化されていくような気がします。便利なものは注意深く使いたいと心がけます。

便利さに乗っていかない生き方をわざわざ選ぶというのでしょうか。自分を困らせる、不便にさせる、そうすることによって、持っている自分の能力が磨かれていくはずだと思います。

ときには失敗もするでしょう。でも、その失敗が自分の情報となって、センスを磨いてくれることになるのです。便利なことに溺れていくと、失敗もしないし、困ることもなくなるでしょう。そうすると、どんどん自分が便利なことに麻痺してしまって、結果としていつか本当に困るときが来ると思います。

一方、「考える」ということはとても身体的なことです。ときには苦しいことで、疲れることです。簡単にはできないことでもあります。

だから僕は、一日のなかで二時間は「考える」ということを、スケジュールに入れています。まず朝一時間、必ず何もしないで、何も置かれていないきれいな机の上にメモ帳だけをおいて、考えます。今、自分の頭のなかや胸のなかに何があるのか、注意深く探す作業をします。それを毎朝一時間。そして午後にも一時間。一日のなかで二時間。そういう時間をずっとつくってきました。これはなかなかむつかしい習慣ですが、僕にとって大切な訓練にもなっています。

そのなかで思いつくことばやアイデアをたどっていくとか、また、答えを見つけたいことをよく考えてみたりします。

僕は四十七歳ですが、ここ二、三年は、とくに午後になると考えることはむつかしくなってきました。時間をつくっても、集中力がもたないのです。けれども、みなさんには朝いちばん、仕事の前の一時間に集中して考える時間を持つことをおすすめします。朝は、頭がリフレッシュされているので、考えるのにいちばんいい状態になっています。

考えるのは苦しいし、大変な作業ですが、つづけていくと楽しくなってきます。何が楽しいかというと、考えていると何か発見があることです。考えることの成果といえるものが必ずあるのです。

「センスに替わることばってなんだろう」と、ずっと考えていると、「なんか『美徳』っていうことばがいちばん近いかな」と、ひらめくのです。そうすると、それは自分の発見ですよね。胸を張って、「これは僕が思いついたこと」だと言えるのです。

インターネットで調べたことではないし、新聞で読んだことでもない。本で読んだことでもない。それは自分に大きな自信をくれることですし、次の一歩へのジャンプ台になることだと思うのです。

ものには必ず支点がある

こんなことを言うと、そんなの「当たり前！」と笑われるかもしれませんが、あるときノートブック型のパソコンを持ち歩いていました。ノートブックパソコンなんて軽いものですから、重たかったり持ちにくかったりはしません。けれども、そのときは、手で持って少し長く歩かなければなりませんでした。ふつうに真ん中を持ってもいいのですが、少し不安感があって、心地よくなかったのです。そこで、角のところを持ってみたのです。そしたらとても安定したのでした。要するに、角を持ったので、歩いても手が滑らないし、持つ位置がずれない。

そのとき僕は、はっと気づいたのです。物事はすべて、こういうことなんだ、と。要するに、「エッジをつかむ」ということの大切さです。物事のポイントは支点をつかむということで、たとえば、「仕事のエッジってどこだろう」とか、「今かかわっていることのことの支点は何なのか」というのを見つけ出して、そこを持っていればいいのです。ここを持って歩いたら、絶対安定していて、まったく不安感もないという場所が必ずあるのです。

初めは、なるほど持つところによってこんなに気分がちがうんだなと思っただけだったのですが、さらにそこから考えていったら、どんな仕事でも、どんな出来事でも、必ず支点というつかみどころがあって、その支点がどこにあるのかを見つけることによって変わる、という発見があったのです。

そういえばと思い出したのが、引越しのアルバイトをしていたときに、重い物は「角を持て」と言われていたことです。重い冷蔵庫なども、角を持てば楽なんだ、軽くなる、と。とっくに忘れてしまったそういうことを急に思い出して、新しい発見といっきにつながった感じがしました。

角を持つといいというのは、物に限った話ではないわけです。面の部分を持っていると、重いし、力が分散されるからつかみどころがないし、不安定です。同じ仕事でもその仕事の面を持つのではなく、角に当たるところを持つ。その仕事のどこが角なのか探して、角さえ持っていればいいのです。

「角を持つ」アイデア

そもそも角というのは、それを支えている一点というか、もっとも力が集まっているポイントです。

それならば、今、僕が仕事をしている「暮しの手帖」の角はどこだろう、雑誌づくりの仕事のなかで、角はどこだろう、どこをいちばん僕はグリップするべきなのだろうと考えてみたら、やっぱり読者との関係なのだと思いいたりました。読者との接点、読者とのコミュニケーションさえ、しっかり持っていれば大丈夫。ということなのです。

いろいろな事情から、読者のことはとりあえず棚にあげておいて、というスタンスでも雑誌はつくれると思います。雑誌ビジネスという視点で考えると、読者のことは二の次にしておくこともできるけれども、今、雑誌づくりで大切だと思うのは、読者との深いつながりであると僕は信じています。

ですから、僕にとっての「暮しの手帖」の角、つまりエッジというのは読者です。そして読者というのが「暮しの手帖」をいちばん支えてくれているのです。だから、僕がつかむポイントは、そこです。

みなさんも、自分にとって大切なできごととか物事は何であるか、あるいは自分を支えているのが何であるか、そういうことを考えてみるといいと思います。もしも人間関係でしたら、自分と相手を支えている接点はどこか、プロジェクトを企画しているならば、それは誰のための何を喜んでもらいたいプロジェクトなのか、といった具合に。今まで気がつかなかった事実が見えてくるでしょう。

僕の知り合いに雑誌の編集者はたくさんいます。なかには、もちろん読者は大切だけれども、じつは自分のつくっている雑誌は、広告収入でビジネスをしている、という人もいます。そうすると、たぶんその仕事の角は広告クライアントになるのでしょう。そこが、しっかり握っておかなければいけないポイントなのです。

さらに、これをファッションにおきかえてみると、どんな格好をしようかと考えたときに、必ずそこには、そのファッションが誰に向けられているかということを考えるのが大切です。たとえば、今日はごくごくふつうに外に出かけるから、町のなかで自分が違和感のないように、となればそこをつかむのが大事ということになります。

ファッションに限らず、料理でも、仕事でも、すべてが同じです。

誰のために、というところがポイント。それが角であり、エッジであり、グリップするべきことなのです。

考える機動力が好奇心です

いつも考えるのは、もっとよくするためにはどうしたらよいだろうということです。もっと人に喜んでもらうためにはどうしたらいいか、もっと楽しくなるためには何ができるか、どこかにアイデアが落ちていないか、と。

自分の感覚というのは、いつも頭のなかにふわふわとつかみどころもなく浮いているような感じなのですが、それがあるとき、何かの拍子に、「このことか！」とつかめる瞬間があるのです。ふだんほかの何かをしている最中にその瞬間がやってくることもあります。

これも「考える」ということの一種だと思いますが、「感じる」とか「気がつく」ということは、意外に誰にでもあることだと思います。でも、「感じる」、「気がつく」だけではだめで、「こうじゃなくて、こうだった」ということがどういうことか、さらにもう一歩、踏み込んで考えなければ、それっきりになってしまいます。「なぜこれなんだろう」という疑問は、言ってみれば好奇心です。僕も「こうやってみたらどうなるか」とか、「逆の方向から考えてみるとどうなるか」ということをよく考えています。

「押してだめなら引いてみろ」というのは、とても好きなことばです。いくら押しても動かなかったものが、引いてみたらすんなり動いた――これはすごいことばです。いいことばだなと思います。何度押してみても結果がだせなかったとき、あきらめずに逆に引いてみる。

これと同じようなことが、ほかのさまざまな場面にあるはずです。ドアは「押してだめなら引いてみろ」ですが、今、突破できないこのことの「引く」って何だろう、というふうに考えるのです。

僕はそうやっておもしろがって考えているのですが、何をやっていてもいつも好奇心を持っている、ということは大切だと思います。

ただ、すべてがすべて、「はっと頭にひらめくこと」や、「気がつくこと」につながるというわけではありません。むしろ、そんなことはめったにないことです。でもめったにありませんが、時おり必ずあることなのです。そうやって「ひらめくこと」「気がつくこと」が自分の仕事に発展していくことがあると、感動します。こういったこともセンスのよさだとも思います。

当たり前のことだと思っていましたが、最近はそれに気がつきました。

一事が万事

これもよく使われることばなのですが、「一事が万事」ということば。

僕はこのことばも本当に好きなのです。「一事が万事」というのは、ふだんはとてもネガティブなニュアンスで、「君はここができないから、全部だめなんだよ」というふうに使われています。同じ意味なら「小事が大事」というほうがことわざらしいのですが、一事や小事という一時的なささいな事柄を大切に思えるか思えないか、ということは大きなことだと思います。

僕にとっての「一事が万事」「小事が大事」は、急がないとか、すぐに答えを出さな

いとか、むりに見つけようとしないことです。先のことを優先させないで、目の前のことをいつもこつこつと一生懸命やる、という意味もあります。たしかに、いろいろな不安感を取りのぞくためにはこれがいちばんだと思っているのですが、先のことを心配するあまり、結局今は何もしないというのがいちばん不安が増すことです。

では、「一事が万事」の、究極の一事というのは自分にとっては何だろうと考えてみて、それは健康管理だと思いいたりました。それ無くして大きなことはできない、いちばんの基本。たぶん大丈夫だろうと油断して、ちょっとした体調の崩れをほうっておいたりすると、あとで大変なことになったりしますから、健康もセンスのよさのためにはとても大事です。

小事であっても見ている人は必ずいる

世の中にはたくさんの人がいますが、自分が気にしているほど、人は僕の細かいところなど見ていない、それはよくわかっています。ですが、誰も見ていないけれど、神様というのはきっと見ているだろうと、いつも思っています。ことわざで「千人の目が見えない人よりも、一人の目利きを恐れろ」といいますが、誰も見ていないからいいやとか、この程度でいいだろうとか、そういうことをしてしまいそうなときはいつも必ず誰かが見ている、自分を見抜く人は見ているというふうに自分で自分を諭します。

だから、誰かに指差されて批難されるようなことはなくても、できなかったことや不十分だったこと、感謝の気持ちを持たなかったことや偽ってしまったことなど、自分だけしか知らないはずのことをごまかしてしまうことはできないと思っています。

もちろん、ごまかしなどできないようなはっきりした失敗は誰にでもありますが、それはすなおに受け止めて反省すればいいのです。でも、「まあ、この程度でいいだろう」、「こうやっておけば、それで成立するんだから」などという取り組み方をしたときや、自分の失敗をみんなと共有しておかなければいけないのにうやむやにしてしまったとき、そういうことはたいがいあからさまにならないものですが、絶対にすべてお見通しの人がいるものです。その人は僕には何も言ってくれないだろうけれど、どこかで気がついている――そういう人が一人くらいはいるだろうと思っています。

その人を神様と言うと宗教の話のようですが、そういうふうに考えると、前向きになれるのです。孤独を受け入れるという姿勢は、大人として生きていくために必要なもののひとつですが、孤独を認めながら、その一方、どこかで必ず見てくれている誰かを僕は信じているわけです。そうでなければ、気持ちが萎えてやっていけないでしょうし、誰も見ていないところでとても頑張っていることを、きっと神様はわかってくれているだろう、と自分を励ますしかないだろうな、と思うこともあります。

すなおに生きていくため、正直に生きていくため、かならず自分を見ている人がいるといつも肝に銘じているのです。

魅力的なものは何ですか

芸術家の村上隆さんの美術作品は、日本だけでなく世界中の美術館でコレクションされて、多くの人にとても高く評価されています。作品として展示されているだけにとどまりません。海外のブランドとコラボレーションしたバッグを発表したり、シンボル・キャラクターをデザインしたりしていますから、思わぬところで作品に出会うことがあります。彼の作品はなぜ、あんなに人を魅了するのでしょうか。

それは、誤解を恐れずに言うと、村上隆さんの作品も人柄も、「変」だからだと思うのです。美しいとか、素晴らしいとかいうよりも、「変」だというのが人を惹きつけているのです。きっと誰のなかにも、こういう「変」な要素がいっぱいあるから、村上さんの作品を見ていると、みんな引き込まれてしまうのでしょう。

「魅力を感じることは何か」と聞かれ、ふたたび誤解を恐れず答えると、正常と異常が同居しているものだと思います。

正常であれ異常であれ、わかりやすく見えるものはたいていおもしろくありません。逆に、何だかわからないけれどふつうではないものや、異常なものが正常なもので隠しきれずにあふれ出ているものには、とても魅力を感じます。

世の中は多くの場合、何が正常で何が異常かを、巧妙に隠してつくられていますが、そのヴェールをそっとはがして隠された素顔を見るというのは、僕にとってとても魅力的なことです。そして「新しいな」と思うのは、そういう感じのものです。

みんなが惹きつけられる、あるいは目が離せなくなるというものは、そのものが、ふつうにつくられたものでなくて、はっきりとではなく、ちらちらと人間性を見せているものだと思います。人格みたいなものが垣間見えるもの——そういうものに、みんなの気持ちは揺さぶられるのです。

器にしても手づくりの雑貨にしても、ただ人の手でつくりました、というのではなくて、つくり手の人間性が隠しきれずにもれ出ていて、ある一線を越えて手に取った人に迫ってくるものが心をつかむのだと思います。

その一線を越える魅力的なものをひとことで表すなら、「変なもの」と言えるのではないでしょうか。みんな「変なもの」が大好きです。ではどうして、「変なもの」に魅力を感じて、それを大好きになるのでしょうか。

それは、じつは、みんな「変」だから、なのだと思います。僕もそうです。人はみんな、正常と異常の部分を持っているから、自分と同じように「変」なものがあれば、多くの人は無意識のうちに惹きつけられるのだと思います。

だから、今、素敵なものは、「変なもの」なのだ、と僕は確信を持っています。自分が「変」だから、「変なもの」がすごく好き。だけど、「変なもの」を「変なもの」のまま出してしまうのはまずいだろうし、わかりやすすぎておもしろくない。だから、上手に隠したりちょっと残したりするのですが、うまく塩梅して「変なもの」がちらっと見えるのが人を惹きつけるのだと思います。

「暮しの手帖」の魅力は何か

七年前、「暮しの手帖」の編集長を引き受けるときに、かつての「暮しの手帖」が、なぜあんなにたくさん売れたのかを考えてみたのです。

誰もその答えを見つけていないのですが、僕は必ず理由があるはずだと思って、考えて考えて、その結果、気がついたのは、たったひとつ。「変」だったのです。

その最たるものが、あの「商品テスト」です。パンを二万枚焼きました、乳母車で十キロ歩きましたと、しかもそれを大まじめにやって、写真で説明しているでしょう。これこそ、正常と異常が同居している例だと思います。さらに「暮しの手帖」の編集方針は、それを隠していません。粗悪なストーブを蹴飛ばして、その写真を載せたり、雑誌が人格を持ち、怒ったり、泣いたり、笑ったりしているわけでしょう。これこそ「変」なのです。

その「変」であることが、「暮しの手帖」のたくさんの読者を熱狂させていたのだ、当時の僕はそう思いました。それが時代とともに、そして創刊者である花森安治さんがいなくなったことで、いままでの「変なもの」が正しいものに変わってきます。「変なもの」が「変なもの」でなくなってきたわけです。だから「暮しの手帖」は元気がなくなったのだと思います。垣間見える人格みたいなもの、あるいは人間性が消えていったのです。

「言葉にできないけれども、なぜか惹かれる」、こういう気持ちになるためには、「変であること」が必要だと気がつきました。僕は、新しい「暮しの手帖」の表紙の絵は、尊敬する仲條正義さんに頼みました。失礼な言い方になりますが、仲條さん自身が正常と異常の塊ですから。編集長を引きうけたときから、表紙はこの人しかいないと思っていました。

言うのは簡単。でも実際には人の価値観は簡単には読めないものですから、これでいいと思ったものがじつは考えすぎていたり、本当にむつかしいことでもあります。

ないものは自分でつくる

ときには、魅力のあるかたちが世の中になくて、自分でつくる以外に道がないこともあります。たとえば、カウブックスで作ったトートバッグなどのプロダクトを、どうしたら卸売りできるか考えたときもそうでした。

最初は幕張のギフトショーに出展してみました。それしか方法がなかったからです。友人と資金を出し合って、ひとつのブースをシェアして借りたのです。八年ほど前でしょうか。そこには、百貨店のバイヤーたちがやって来て、商品を見て、まず最初に値段を聞きます。答えると、「高いな」とひとこと。次は、掛け率を聞かれます。答えると「それでは、取引きできない」と言われました。どの人もみなハンコで押したように同じやりとりをしていきます。どんな工夫をしているかとか、手触りや持った感じがどのように発案されているかなどが話題になるのではなくて、値段や取引きの条件ばかりを話していくことに本当にがっかりしました。そんなギフトショーに全国から業者とバイヤーが集まり、もう何十年と続いているのです。

僕は三日間のショーを終えて、これ以上このギフトショーのやり方に自分たちが乗る必要はないんだとつくづく思ったのです。一回くらいであれば、経験しておくのは大切なことです。でも、この方法がよいとはとても思えなかったし、それ以外にやれることがあるのではないかと気がついたのです。自分たちでつくり手と売る人をつなげるプラットフォームをつくればいい、と。僕たちが求めていることは、必ず、他のだれかも求めているはずだと思ったのです。

それで友人たち五人で立ち上げたのが、今同展示会の「ストッキスト」です。最初は代官山にスペース借りて、本がらみのプロダクトや家具や文房具やアクセサリーなど、五つの業者が一部屋を借りて、ちょうどギフトショーと同じ時期に、「背景にストーリーのある」という商品の考え方をプレゼンテーションしたのです。

「ストッキスト」では、一回出店したら、その人は主催者メンバーのひとりとなって、お客さんではなく運営する側になるというかたちをとりました。みんなで運営するので、出店料は安いけれども、それぞれ役割を担ってもらいます。言ってみれば、期間限定の小さな商店街ができたわけです。

こうして始めた「ストッキスト」は、今では大きく膨らんで、最近では、夏の終わりに池袋の自由学園の明日館を借りきって開催しています。業者の数は約百五十社。いまでは、最初は見向きもしなかった百貨店のバイヤーも来ます。「ないものは自分でつくる」ためには努力と工夫が必要ですが、いいセンスのひとつのあり方のように思えます。みんなが参加できるような形を考えて、それによって新たなリレーションシップができると、ひとりのちから以上のことが可能になります。

今までにない形ができたことを、たぶんみんなは心地よく思ったでしょうし、しあわせに感じたでしょうから、多くの人が集まり、長続きしているのだろうと思います。

ときには、魅力のあるものをつくるために、あるものに我慢しながらしがみついているのではなく、そこから飛び出て新しいものをつくるのも大切です。

そこには、たくさんの人に広がっていく可能性があると思います。

努力している人はみんなが見守ってくれる

何をしていても大切なことは、「もっとよくするためにはどうしたらいいか」、「今はこうだけど、こうしたらもっとよくなるんじゃないか」などと、工夫をしたり、発見したりして変化させていくことだと思います。

チャレンジをする人、あきらめない気持ち、僕はこれをとても大事にしています。それは、自分ひとりで何かをやりとげなければならないときも、人といっしょに仕事をするときも同じです。はじめから自分を弱者に仕立てて、はなからスタートラインに立たない、だから大きな失敗もしない、そうしてとりあえず及第点を取るというのが僕の幸せなんですというやり方は、いちばんいけないことだと思っています。

自分を変えようと思うときも同じです。もちろんみんなそれぞれが弱い部分を持っているわけです。万能な人なんてめったにいません。しかし誰もがみんな、スタートラインに立たなければいけないときがあり、「ドン」と鳴ったら、いっせいに、遅かったり転んだりしながら、一生懸命走るわけでしょう。けれども自分の弱さを看板にして手を抜いて本気になれないということは、とても残念です。

世の中には勝者と敗者というのがあるのはどうしようもないことですが、勝者と敗者の差は紙一重です。だから僕は敗者だからだめだとは思いません。敗者でも少なからず何かに挑みつづけていくだけで、価値がある存在に変わるからです。

試合をしたというだけでも価値があるときもあります。敗者の美学というのもあります。負けた人が勝った人より大きい拍手をもらうことだってあるでしょう。だから僕はいつも、七転び八起き、何回負けても何回でも挑むような気持ちをもつことが大切だと思っています。

とは言うもののいっぺんに努力が実を結び、結果を出せるということは、逆に少ないのではないでしょうか。思うとおりにならず失敗ばかりが続くこともありますが、向上心さえ忘れなければ、人というのは見守ってくれるものです。「この人は何もわからないで始めたんだし」とか「この人は頑張っているから」と。

鉄棒をする人が、きれいに逆上がりをするのを見るのもいいけれども、僕がいちばん好きなのは、いつまでもできないけれども、何回も何回も、繰り返し脚を振り上げては落ち、脚を振り上げては落ちという姿。これが好きです。逆にそうなりたくないのは、一回やってできなかったので、「やめた」と言って何もしないで立っている人。これがいちばん嫌いです。

できなくても何回も何回もやり続けていれば、みんなが見守ってくれると僕は信じています。

それは「暮しの手帖」の仕事も同じだと思うのです。何もできないかもしれませんが、ずっと脚を振り上げ続ける、それを見せることをやめない、編集長の職を引き受けたとき僕はそれを自分に課しました。なぜなら、僕は花森さんにはなれないけれども、今より少しでもよくしよう、いつかできるだろう、と思って仕事をすることならできると考えたからです。

だから本当に失敗ばかりですが、僕は、自分の失敗を理由にして仕事をやめたりしません。失敗は仕事を続けていくための踏み台にしていこうと決めています。

嫌なことや批判をされたら？

批判や中傷の手紙は、日常茶飯事です。

けれども、批判は自分が成長、前進している証拠だと思っています。批判とは、要するに、向かい風でしょう。向かい風は自分が先頭に立ち、前に向かって歩いている証拠なのです。逆に、風が吹かないというのがいちばん嫌なことです。

たとえば、五人の人が「頑張っている」、「いいね」と言ってくれるとします。でも、それと同じだけ、だめだと言ってくれる人がいると思っています。

実際に批判は、手紙で来たり、直接言われる形で、僕のもとに届きます。でも、自分がひとつのことをやろうと決めた覚悟があるならば、それは受け止めるしかないと思っています。逃げてはいけません。だから、それには逃げずに対処していきます。

僕を否定している人がいるとします。会社のなかにも、世間にも、友だちのなかにも、僕を否定している人がいるわけです。けれども、その人たちの僕への評価というのが、じつはいちばん当たっているのだと思います。いちばん事実で、そのとおりだと思います。逆に、親しい人の評価は、当たっていないことがほとんどでしょう。なぜなら、絶対に大目に見ているからです。

親しい人の評価と言いましたが、たいていの場合、ほめてくれる人というのは声をあげることはないものです。けれども僕に何か言いたい人は声をあげます。そういう人の声は僕に全部届きます。

僕はそれを覚悟していますから、全部受け止めて、しっかりと返事を書くなどして、対処しています。

なぜそうするかというと、痛みや苦しみやつらさは、逃げれば逃げるほど追いかけてくるとわかっているからです。逃げないでいれば、自分はそれに追いかけ回されない。一歩でも後に逃げれば、ぐっと迫ってくるものです。逃げないということは、それに向き合うということです。

ある中学生からの手紙

十の嫌なことがあっても、一のいいことがあるのが人生です。

僕は、先日、北海道に住む中学二年生の人から手紙をもらいました。

その手紙は、「暮しの手帖」を読みました、と始まります。その人は友達関係でつまずいて、学校に行けなくなってしまったそうです。不登校になってしまったんですね。でも、私は悪くないって思い続けていたそうです。そんなとき、お母さんが「ここに、なんかいいこと書いてあるわよ」と渡してくれたのが「暮しの手帖」でした。それを読んで、「私が悪かった、私が悪かったから、みんなこうなっちゃったんだ」と気がついた。それでその人は自分を直した、とありました。それで学校に行けるようになった、と。友だちが、「変わったね」って言ってくれた、と結んでありました。

松浦弥太郎編集長という宛名に、そんな素敵な手紙をくれたのです。

不思議なもので、実際には「もうだめだ」と思うときもあるのですが、そう思うと、必ずひとつは、自分を励ましてくれることがやってきます。

でもおおむね向かい風。それは、おとなしくしているわけではないからです。今までに前例がないことをしようとすると、多くの人が否定します。だから、新しいことをやっている以上、いつも否定されます。でもきっと、もうだめだというときには、そういう自分を励ましてくれる何かがやってくる。それで頑張ろうかなと思えます。

いいものだけが売れるわけではない

世の中、残念ながら、いいものだけが売れるというわけではありません。

僕はよく、人がたくさんいる場所に出かけて行きます。それは本当に勉強になります。

自分がつくった本でもいいし、自分がかかわった仕事でもいいのですが、そういうものを携えて、たとえば渋谷のスクランブル交差点に立ちます。

そこにはいろんな人がいますが、この人たちのうちいったい何人が自分のつくったものをハッと思って買ってくれるんだろうとか、どういうことをここで大声あげて叫んだら振り向いてくれるんだろう、とよく考えます。

自分を中心にして半径三百メートルの人たちに喜んでもらえるようなものをつくるのは簡単なのですが、やっぱり世界中のみんなが喜んでくれるものをつくりたい――そういうことを考えると、人のたくさんいる場所に立って、自分の肌でそれを感じるしかないのだなと思います。

つまり、自分のサークルを広げていかなくてはならないということなのです。サークルが広がったかどうかは、とてもわかりやすいものです。たとえば、「暮しの手帖」という雑誌は、すでに広がっているわけですが、さらに広がっていくとそれだけ意見やお叱りが多くなるのです。今までは半径三百メートルだったからほめられっぱなしだったけれど、これだけ広い場所に行くと、それだけこなさなくてはならないことが出てきます。でもそこで、自分の信念を曲げてしまったら、さらに批判されるのです。

今まで以上にもっと自分を出していかないと、自分を見せていかないと、だめなのです。それはむつかしいことですが、とても大事なことです。

批判する人は、僕が何を考えているのか、何をしたいのか、わからないから批判するのだろうと思います。でもそれを伝えようと思ったら、さらにもう一枚、僕は服を脱がなければならないのです。素顔の自分を、自分の「変」なところを見せないといけない。

これはつらいことです。本当につらいことですけど、続けるしかありません。

なぜそれができるのかというと、先ほどの北海道の中学生の手紙のようなものがあるからです。

誰かに褒められたくて

俳優の高倉健さんが大好きです。

先日、テレビで特集されているのを観ていて、「やっぱり好きだな」と改めて思いました。十年くらい前に、高倉健さんは『あなたに褒められたくて』（集英社文庫）というエッセイ集を出していて、僕は健さんの文章がとても好きなのです。

「あなたに褒められたくて」ということばは、健さんの生き方とか仕事を言いつくしているのです。僕という人間はこれだけです、自分が何ができるとか、こうなりたい、などというのではなくて、だれかによくやったね、とか、頑張っているね、と言われたくて俳優をやっている——そう書かれていて、これは言い得ていて素敵だと思いました。

何かを一生懸命やるときは、誰かに褒められたくて、というモチベーションでもいいのだなと、つくづく健さんのテレビ番組を観て思いました。誰かがあなたが頑張っているのを見ていてくれる、そう信じられるから頑張れるのだと思います。

大人になると、褒められることがなかなかありません。物事はできて当たり前だからです。

3　センスのお手本

「センスがよい」という古くて新しい基準

仕事柄、たくさんの雑誌に目を通しますが、新しい情報を提供するこれらの雑誌が最近ちょっと変わってきたように思います。今までは、「今シーズンはこれが流行ですよ」というようにショッピングの情報が多く取り上げられていて、お目当てのブランド品を手に入れる楽しさとか、それを身につける満足感を紹介するのにちからを注いで、誌面やテーマがつくられていました。近頃は、あれこれたくさんのものを「買いなさい！」とすすめるのではなく、「センスよく選ぼう」とでもいうような打ち出し方をしているように思います。そうです！　センスのいいものは何か、ということを新しい拠りどころにして編集されているように感じるのです。これはファッション誌でもモード誌でも同じです。

仕事で成功したいとか、お金持ちになりたいとか、そういう気持ちはとてもわかりやすいもので、今まではそれを追求していればよかったのでしょうが、今は、センスがいいと言われたい、という気持ちになっているのでしょう。

また、人と差をつけたいと思ったら、かつては学歴や実績で勝負していたわけです。これは数字も出ますし、客観性もあるように見えます。でも、そこではない勝負の仕方があるとみんなが気がつきはじめたのが、今という時代なのでしょう。「センスのよさ」——そこもひとつの勝負どころだというわけです。

冒頭に書いたとおり、センスとは、つまるところ選択するちからだと僕は思います。でも自分のためだけに選択するのでは、いいセンスとは言いがたいのです。たくさんある選択肢からどれを選ぶかは自分の判断ですが、それによって自分ひとりが満足するのではなくて、たくさんの人に幸せを与えられるかどうかというところが、センスのよい選択のいちばんむつかしい点です。そこがないかぎり、その選択は自己満足で終わってしまうのです。

人を幸せにできる選択に対してなら、みんなはお金を払ってくれます。だから、センスのよさがないと経済が発生しないとも言えます。少なくとも経済が発生するようなセンスのよい選択をしておかないと、何ごとも次へのステップにつなげられず、長続きしません。

重要文化財を訪ねよう

よく「センスを磨くにはどうしたらいいでしょうか」という質問を受けることがあります。自分の無知や下手な選択に打ちのめされるような気持ちになった若いとき、僕はどうしていたかな、と思い出してみました。自分の感性や美意識、別の言葉でいうと「教養」を、リフトアップさせるために、自分はどうしていたかなと考えてみると、みなさんにおすすめできる方法があることがわかりました。

そのひとつの方法は、文化財を見てまわるということです。まずは重要文化財から始めてみるといいと思います。つまりこれは、本物に触れるという経験を積むことです。

僕は東京に住んでいますが、明治時代や大正時代以降の文化財では全国的に見てもベスト・オブ・ベストのとても素晴らしいものが揃っているのです。数にして九十いくつかの文化財があります。

あなたが東京に住んでいなくても、自分が住んでいる地域の重要文化財を見て回るというのは、とてもよいセンスの磨き方だと思います。

古い歴史を持つ町にはとくにたくさんの文化財があって、たとえば京都ですと、大きいものから小さいものまで三百近くありそうです。それぞれの県のホームページには、かならず情報が載っているので、一度確認してみるといいでしょう。

重要文化財を調べて、気になったところをひとつひとつ見てまわる、それだけで、歴史とか文化とか、もちろん美しいものは何かとか、じかに肌で触れて感じることができますし、それにまつわる人の話を知るだけでもずいぶん楽しめると思うのです。そこには必ず人の暮らしや歴史があるからです。ときには再発見もあるでしょう。こういうことをきっかけにする方法もあるということです。

渋谷・代官山の坂の上にある旧朝倉家住宅も、取り壊されるかもしれないと言われていたのですが、二〇〇四年に重要文化財になりました。米の商いから始まり、東京府議会議長などを務めた朝倉虎治郎さんの街づくりの思想などが多分に評価されてのことです。たくさんの人が訪れているわけではありませんが、大正期の木造の大きな個人宅で、住宅としてはすばらしいと思います。鎗ケ崎交差点の角、ヒルサイドテラスの裏にあり、一般公開されているので、家も庭も好きなときに自由に見ることができます。

それから、月並みなようですが、墨田区にある旧安田庭園。江戸時代に隅田川の水を

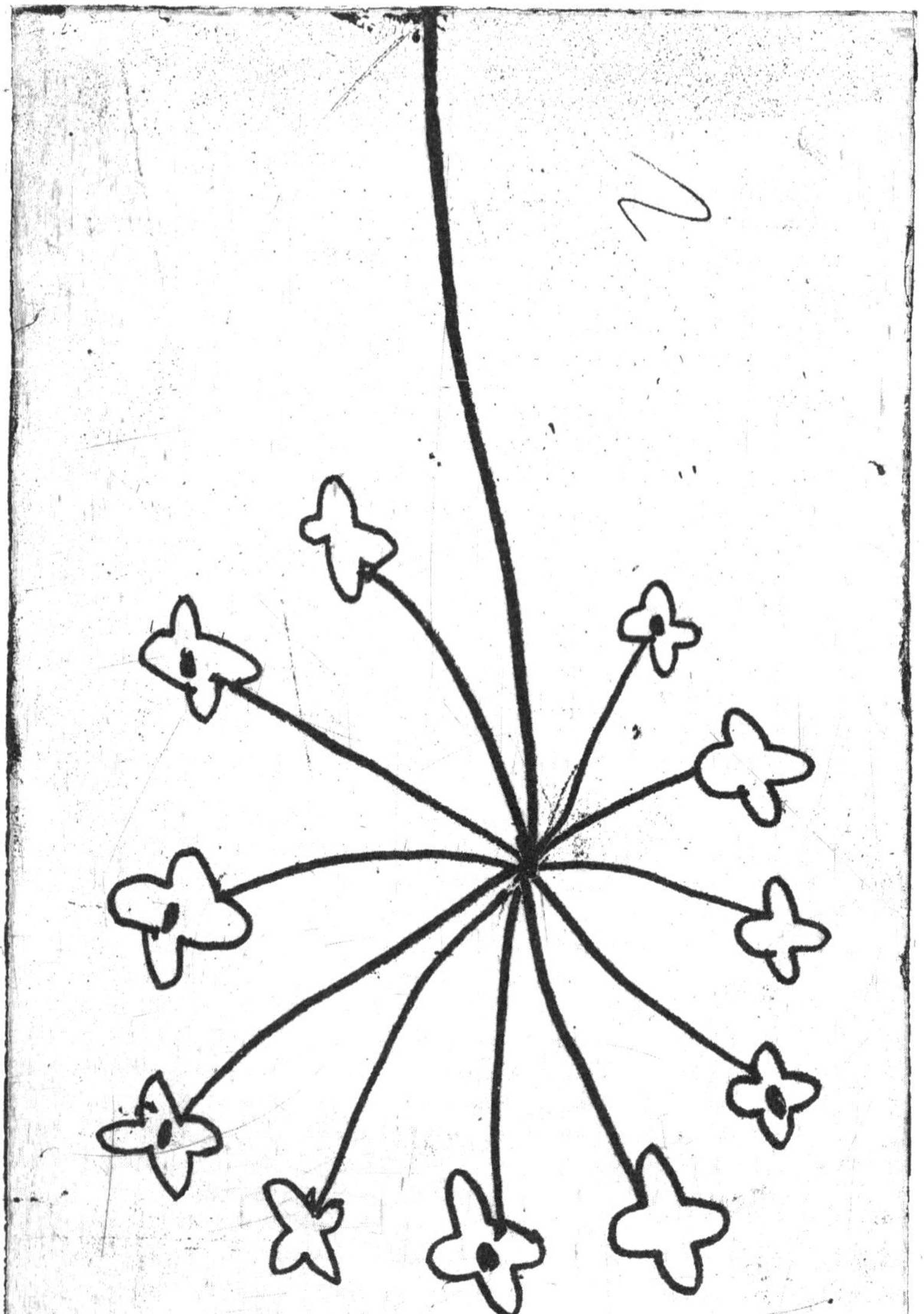

引き込んでつくられた庭園です。池のまわりをぐるりとめぐる散歩道がつくられていて、大名庭園の典型だそうです。開園している日であれば無料で入れます。

重要文化財というのは、意外にたくさんあるものです。自分で探して見て回るだけで、その人の人間性は変わると思います。しかもそんなにお金をかけずにできるのです。

僕がとくに好きな場所

文化財を見る以外にも、僕には特別に好きな場所がいくつかあります。

そのひとつが美術館です。とくに南青山にある根津美術館が好きで、ほかにも品川の原美術館、目黒の庭園美術館、それから駒場の日本民藝館。どれも自分の暮らしから近い場所にあるので行きやすい美術館です。こういう美術館に、常に自分で足を運んで触れて学ぶことです。

ここでみなさんはお気づきになりましたか。僕は美術館なら、プライベートミュージアム（私立の美術館）がいいと思っています。国立美術館をはじめとする公的な美術館もいいのですが、プライベートミュージアムこそ穴場です。公立の美術館は税金を使って運営されています。一方、私立の美術館は多くの場合、私財を投げうって運営しているわけですから、個人のセンスのすべてを賭していると言ってもいいでしょう。両者のクオリティーや奥行き、おもしろさに雲泥の差があるのはある意味当然です。

センスを磨くためには、センスのいいものに触れるということがとても大事だと僕は思っています。こういう場所を訪れるのは、表参道、六本木、渋谷などのお店を見てまわるよりも百倍学べます。おしゃれなものや、「なんかいいな」と心を動かされる美しいものは、そういうところに行ったほうが学べますし、肌で触れられるということは貴重です。ガラス越しでなくて、じかに直接、体験できるということが思いのほか大切で、そういう意味でも、プライベートミュージアムは誰もが学びに行ける場所です。

たとえば、根津美術館は東洋古美術では世界一と言われています。国宝も七点所蔵されています。重要文化財の数もとても多い。ですから、行くたびに自分のなかの何かが刺激されて、美意識のどこかが磨かれる気がします。もう数えきれないくらい足を運んでいますが、いまだに飽きることがないほど深い美術館です。

根津美術館は、根津嘉一郎という明治の鉄道王によってつくられましたが、この人がまたとてもすごい人で、僕にとっては自分の先生と心のなかでひそかに呼びたくなるような人です。その並みはずれた功績も、人生も、尊敬し学びたいのです。仕事のしかたとか、お金の使い方とか、ずばぬけてセンスがいいなと思います。

根津嘉一郎が最初に買ったのは、室町時代の硯箱でした。この硯箱ひとつに当時の相場を大きく上まわる億単位のお金を投じたそうで、それが世間の耳目を集めたといいます。彼がそのような大金を出したのは、この硯箱が海外に流出するのを懸念してのことでした。僕はそのようなお金の使い方のセンスはすばらしいと思います。

この硯箱「花白河蒔絵硯箱」をはじめ、国宝として有名な「燕子花図」（尾形光琳）、「那智瀧図」を実際に見ることができます。こういうものを見にいく体験は、やっぱり何かが違うのです。

そして、わかったことがもうひとつ。センスのいい空間には、自然にセンスのいい人が集まるものです。庭園美術館でも原美術館でも平日に行ってみると、センスのよさのお手本のような人がとてもたくさん来ています。その人たちのちょっとした立ち振る舞いがハッとして見えることもありますし、こんなものをこういうふうに着こなしているんだと勉強になることがよくあるものです。自分も真似したくなるような人がたくさんいるのです。

そう思える人がいたら、すぐにでも真似をするべきです。真似してみると、また違う発見があるものです。センスを磨くとは、それの繰り返しです。

「真似る」というのは「学ぶ」から来ているともいいます。「真似る」ことを恥ずかしいと思わず、むしろ「学ぶ」ことだと思い、どんどん真似してみてください。

歴史というのは、本を読んでいるだけではよくわからないものですが、江戸、明治、大正、昭和というそれぞれの時代のなかでセンスのよかったものとはなんだったのだろうと考えると、美術品を収集していた人の人生とか、その人の眼を追っていくだけで、かなりのことを学ぶことができるのです。

それは作品を鑑賞することばかりに限りません。インテリアの参考にすることもできます。たとえば、原美術館などはとてもいいと思います。建物も庭も、それこそ窓のフレームひとつをとってもすばらしいものですし、ものの置き方も勉強になります。そのなかのどれかひとつでも自分の目で発見して、暮らしのなかで真似することができれば、しめたものです。センスを磨くとはそういうことですから。

だから自分の目がちょっと曇ってきたな、濁ってきたなと感じたら、僕は根津美術館に行ったり、原美術館に行ったりします。目はときどきリフレッシュさせておかないと、どんどん曇ってきてしまいます。だから、美術館を訪れるということそのものを生活のなかに取り入れるといいと思います。東京のプライベートミュージアムは、たとえばルーブル美術館のように巨大で、いいものがありすぎて、わけがわからなくなってしまうようなことはありませんから、すぐに親しみ深い空間になります。また、石仏やお地蔵さんがいる庭園があったり、気持ちのよいカフェがあるのもいいものです。

音楽にしても生演奏を聞くとか、人の話も生で聞くとか、足を運んで本物に出会いに行くことは、これからの時代にはさらに必要になってくるでしょう。もちろん本で見ることもできますが、生の魅力はやっぱり違います。目が磨かれるというか、自分の目のレンズの曇りをとってもらえるというような気持ちになれますから。

このようにお気に入りのプライベートミュージアムを、僕の場合、四、五か所持っているのですが、これらはいわば駆け込み寺のようなもので、心の宝物です。

「自分は何も知らない」ということを知る

若い頃は誰でも、自分のセンスに自信があります。それは要するに、自惚れているわけです。

でもある年齢になると、ここまでの話はできるけれど、ここから先にはまったく自分は入っていけない、人の会話についていけないという、恥ずかしい思いをするときが必ず来ます。そのとき、自分の知らなさを初めて自覚するのだと思います。

たとえば日本の歴史のことでも、日本の古美術のことでも、東洋の美術のことでも、もちろん西洋の美術のことでもそうですが、「いいよね」と言えたとしても、それ以上のことは言えない――このことの恥ずかしさを感じるのは、三十代半ばになってからだと僕は思っています。成熟の過程で、「なんて、自分は何も知らないのだろう」とショックを受けるのです。

さらに、海外の文化にちょっとでも触れる機会があると、外国の人たちは自分の国の文化をよく知っているし、それを誇りにしている人が多いのを目の当たりにすることになります。そして日本人は、自国の歴史や文化をあまり知らないということを思い知らされるわけです。自分もきちんと人に自分の国のことを語れるようになりたい、もっと自分の国の文化を知りたいと思い、どうしたらいいのだろうと考えます。

もちろん本を読むとか、人に教えてもらいに行くとか、いろんなことをしてみるのでしょうが、そのひとつとして、重要文化財として大切にされているもの、将来に残していくと決めたもの、そういうものを積極的に見ていこうと思います。

人は恥をかいたり失敗しないと、なかなかアクションを起こせないものだと思います。でも、そのくやしい思いが人を駆り立てるのです。付き合っていた女の子に、「そんなことも知らなかったの？」なんて言われて、恥をかいてくやしい思いをして、みんな学ぶのです。

「知らないこと」の格差は意外に大きい

「知らないこと」の格差は、じつは意外と大きいものです。別に知らなくても、生きていけるし、一生を終えることができるのですが、それでもやはり知っておくべきこと、というものがあると僕は思っています。読むべき本とか、聴いておくべき音楽とか、見ておくべきアートとか、行っておくべき場所とか。

ただそれを、「自分はいいや」と言って、知ることなく、七十年あまりの人生を終えるか、人生のなかで、ひとつでも多く学んでいこうと思うかどうかの差は大きいと思うのです。実際に、知らないことをそれでよしとしてしまう人は多いものです。わかりやすく「重要文化財」になっているものは行っておくべき場所、見ておくべき場所というものの、ひとつの基準にはなると思います。

残念ながら、音楽とか本などにはそういう基準があるわけではなくて、あったとしてもクラシックでは名作だと謳っているくらいです。でも、それもある程度、自分でリストアップして、なるべくいいものに触れる努力はしてほしいと思います。

お手本をつくる

それでは本の場合、どんな作品を手にしたらいいでしょう。本には重要文化財はありませんが、はじめの頃、僕は教科書に出てくるような、ある意味で、月並みな作品を読んでみることにしていました。だれもが題名くらいは知っている夏目漱石の『こころ』や森鷗外の『舞姫』など、もう高い評価が定まっている作家や作品です。

こういうものが本の重要文化財だと思ったからです。全部しらみつぶしにしていったのですが、当然、おもしろくなかったり、読みきれなかったりします。でもそれは、そのときの自分が足りていないだけであって、その作品とかその作家を自分が飲み込めなかったことを否定することはしませんでした。

そうして発見したのが志賀直哉という作家です。志賀直哉のセンスのよさ、文章のセンスのよさに、僕はあっと驚きました。そしてこれは自分にとってとても大切なものだ、と直感しました。こんなセンスを僕も身につけたいな、と。

志賀直哉は、美術にとても明るいし、歴史や文化にもとても詳しい。さらに、とてもセンスのいい暮らしをしていた人です。そういう基礎があって、あの小説や文章が書けるのです。

僕は、だからそんなセンスのよい文章が書ける人は、毎日、何を見ていたんだろうとか、何を使っていたんだろうとか、どんな音楽を聴いていたんだろうとか、そういうふうなことを真剣に考えました。そうすると、もっと知りたいですから、追いかけるようになりました。そうしたら見えてきたのです。志賀直哉は自分で美術館こそつくりませんでしたが、自分が認めたものや素敵だと思ったものを本にまとめて出版してみたり、若い人を発掘したり、さきほどお話しした根津美術館の根津嘉一郎と似たようなことを行なっています。

本に限らず、理屈抜きで、自分は本当に「この人はセンスがいいな」と思ったら、その人が何を見ていたか、何を読んでいたか、何を聴いていたか、それをよくよく調べてみるというのは大切だと思います。たとえば、随筆を読んでみると、「あっ、マチスの画集を手もとに置いていたんだ」と膝を乗り出すようなことが書いてあるのを見つけて、「きっとマチスを毎日見ていたんだ」とわかります。そうすると、自分もマチスの絵をきちんと見てみよう、となっていきます。マチスが素敵だなと思えば、今度は、マチスは何を読んで、何を見ていたのかな、となっていきます。僕がやったのは、そういうたどり方でした。

何か「これ」と思ったものをしらみつぶしにしていく、それはもう完全に好奇心のちからです。興味を持ったものというのはいわばチャンスだと思います。そこを逃さないこと。逃してしまったら、振り出しに戻ってしまいます。好奇心をたどっていくと、必ず何かが見つかるはずです。見つけたら、今度はそれをよく見ることです。

よく読む、よく聴く、よく見る。とにかくもう何かわかるまで、読んだり、聴いたり、見たりする。これは、僕がとても大事にしていることです。

わからないものとのつき合い方は「あきらめない」「真似をする」

よく読む、よく聴く、よく見ると言っても、わからないことは多いものです。だいたいの場合、ちょっと見たくらいではわからないと思ったほうがいいのです。

でも、よくよく見たり読んだりすると、何かひとつはわかるのです。

この「ひとつ」をよすがにして、わかるまで、それとつき合うのが大切です。わからないからといってあきらめない。あきらめて手放してしまったら、また新しいスタート地点を探さなくてはならなくなります。せっかくここまで積み上げてきたのだから、次を見つけなくては、そう思って、何かがわかるまでは絶対あきらめないことです。

何回も読むと、気になったところや、自分の心が動かされるところが、どこか一か所くらいは見つかるでしょう。たった一文でも、ワンフレーズでも、感動できる——そこまでいかなくても、ハッと気づかされることはあるものです。音楽でも映画でもアートでもそれを見つける。そして、見つけたら、真似をすればいいわけです。自分の仕事、自分の生活のなかなど、どこかで真似をしてみるのです。

ふだんから素敵なもの、美しいものを好奇心を持って見つけて、よく触れて、真似てみる——それしかセンスのよくなる方法はありません。

ポイントは、それを死んでも忘れないくらい、しっかり頭にたたき込んでおくことです。紙に書いたり、ノートにしたり、ともかく、頭のなかに針で書き込むくらいの気持ちです。これは絶対に忘れてはいけない、と。

このことばとか、この雰囲気とか、この色とか——これは自分で必死になって見つけたものです。それこそ、砂浜のなかでたったひとつのものを見つけるような感覚で探したわけですから、そうやって見つけたものは、意外に忘れないものなのです。

とはいうものの、「絶対に忘れるものか」と心に刻み、大切にしていても、人は忘れるものですから、書いたり、覚えたり、どんな方法を使ってもいいので、しっかり覚えておくようにしてください。それこそあなたが自分で探し当てた、大切な宝物なのですから。

ときには自分を無くさないといけないこともある

ハッとすることを発見したら真似をしてみる、ということでセンスは磨かれるというお話をしましたが、真似をするときには、昨日までの自分を全否定して、今日、新しく、すべてを変えなければいけない、ということもあると思います。

少しずつ変えていくというのではなくて、いっきにがらりと変えるのです。

「ああ素敵！」、「ああ、これか！」という発見があって、「じゃあ、これを生活のなかで真似してやろう」というときに、今までの自分を無くさないとそれができないというときがあるのです。

たとえばファッションで考えてみましょう。

「あっ、白いシャツってこんなに素敵なんだ」という発見があったとします。そこで、さっそく真似をして着てみようと考えます。でも今まで自分は白いシャツを着たことがないから一枚も持っていないし、そんなキャラクターでもない。それでも、「素敵だから、自分の生活にも取り入れてみたい」と思ったなら、ぜひとも白いシャツを着てみてください。ある日突然、あなたが今まで着て来たことがないような白いシャツを着て、それ以来、毎日、白いシャツで会社に来るようになったら、まわりの人も「あれっ？」と思うでしょう。「イメチェン？」、なかには「どうして？」と聞く人もいるでしょうが、そんなことは関係ないと思いましょう。まわりからなんと言われようが、そのときは自分を変えるべきときです。ときにはある発見をしたことによって、今までの自分を全否定して、新しい自分に変えなくてはいけないこともあると思うのです。

そもそも、誰もがみな、自分を変えたくないと心の奥底では思っています。今までの自分というのはなかなか否定できないもので、生き方とか考え方を一八〇度変えるのは相当に大変なことです。

そして、だいたい周囲は「昨日までこんなふうに言っていたじゃない、なんで今日はそんなふうになるの？」と批判のこもった声をあげるでしょう。でもそれに対して自分は「こうしたかったから」とか、「真似てみたいと思ったから」という以上の説得力をもつ返事はできません。真似をするのは、このようにときにはとても大変なことになります。

断捨離するときも、勇気とか思いきりが必要なのと同じです。でも、先に挙げた、根津嘉一郎のように、センスのいい人の本を読んでいると、みんなそういうことを経験していることがわかります。

ある瞬間、電流が走ったように衝撃を受けて、「なんで自分は今までこうだったんだ！」と目を開かされて、全部をがらりと変えるときがあるのです。そうすると、利害関係もありますし、それまでの経緯もありますから、まわりの人たちは、気が狂ったのでは、などといろいろ言います。それでも、自分が見つけたものを人生に取り入れたい、真似してみたいという、自分の感覚をすなおに信じて、貫かなくてはなりません。

勇気とそれを受け入れる孤独が必要

こう考えてくると、センスを磨くためには、すなおさと勇気、それを受け入れる孤独も必要だということがわかります。

たしかに人間が生きるということは孤独であることが大前提ですが、それを自分から選んでいかなければならないときもあるのです。大切なのは、その覚悟ができるかどうかなのだと僕は思います。ときにはひとりぼっちになることも大事で、それに恐れを持っていたら、センスなんかよくなれるはずがありません。

いつも集団の真似をしていればみんなと仲良くしていられるでしょう。ところが、ある日突然、日本でたったひとりの人になるとすれば、全員を敵にしなければならなくなるときもある。そんなことへっちゃら——そのくらいの気持ちにならないと、センスよくはなれないのでしょう。

自分が変わることをけっして恐れない、その勇気と孤独が大切なのです。

だから昨日までは仲良かった人と、今日、突然、距離ができる、それも必要ならできるくらいの覚悟が必要なのですが、人はそれをなかなかわかってくれませんし、僕もそれをいちいち説明できない。「そのくらいのこと、どうってことない」と思うほど気合いを入れて自分を変えることがあります。

勇気をもって変わることがセンスのよさにつながる

何も人と仲たがいしなければセンスを磨けないと言っているわけではなくて、そういう覚悟もときには必要だということです。

ただし勇気はとても重要な気がしています。どこかにつかまっていないとだめだ、手を伸ばしたら誰かがいてくれるところにいなくては、そう思っていたら、いつまでたってもセンスのよい人になんかなれません。

本気で何かを変えたいと思ったら、真っ暗闇のなかで、足下が見えないところでジャンプする、そんな勇気が必要です。「一メートルくらいだったら足が届くな」、そんなところでジャンプしてもしょうがないのです。どうなるかわからない、そんなところを思いきりジャンプしていく勇気がなければ、何も変えられません。

僕はだから、自分を追い詰めたり傷めつける癖はありませんが、ここぞというときには、どんな高いところからであろうと飛び込める勇気というのをいつも持っていたいと思います。

チャンスというのは、とても平等です。ただ、「今がチャンスだ」というのに気がついて、そのチャンスに自分が即答できるかどうかは、その人の勇気しだいです。

たとえば、とても憧れている人が目の前を歩いてきたとしましょう。せっかく話しかけられる絶好の機会なのに、そして、もしかしたら知り合いになれるかもしれないのに、「ああやっぱり無理だよね」と、通りすぎるのをみすみす見送ってしまうか、思いきって声をかけるか、それは勇気と覚悟しだいでしょう。それだけで自分の何かが決まるかもしれないのに。意外なほど、人はチャンスをのがしているものです。

じつは二十四時間、しかも毎日、チャンスは人に平等にやってきます。だからそのときに、自分が高いところから飛び降りることができる勇気が出せるか出せないかは、実際には人生に大きくかかわってくるのです。大切なのは即答力です。

後悔は勇気の種

僕の過去を振り返ってみて、いつもチャンスをつかんでいたかというと、答えはノー。できなかったこともずいぶんありました。

しかし、できなかったということに気がついたら、次はやろうと思いました。最初からできる人はあまりいません。ほとんどの人が最初はチャンスを逃して、あとで悔やんで泣くわけです。あのときこうすればよかったと、苦い汁を飲まされるわけです。つらい思いをすることで、次に自分の目の前にチャンスがやってきたら、腹をくってジャンプしようと思えるようになるのです。

だから、失敗してくやしいと思う気持ちを、「今度こそ」と決意できる気持ちにつなげることは大切です。何回失敗してもいいのです。次はどうにかしようと思うかどうかなのです。

人間関係にしても、仕事の進め方にしても、ふつうに生きていれば、細かなことでたくさんの失敗があります。失敗したあと、自分はもういいや、とあきらめてしまうか、そう思わないかは大きな差を生みます。

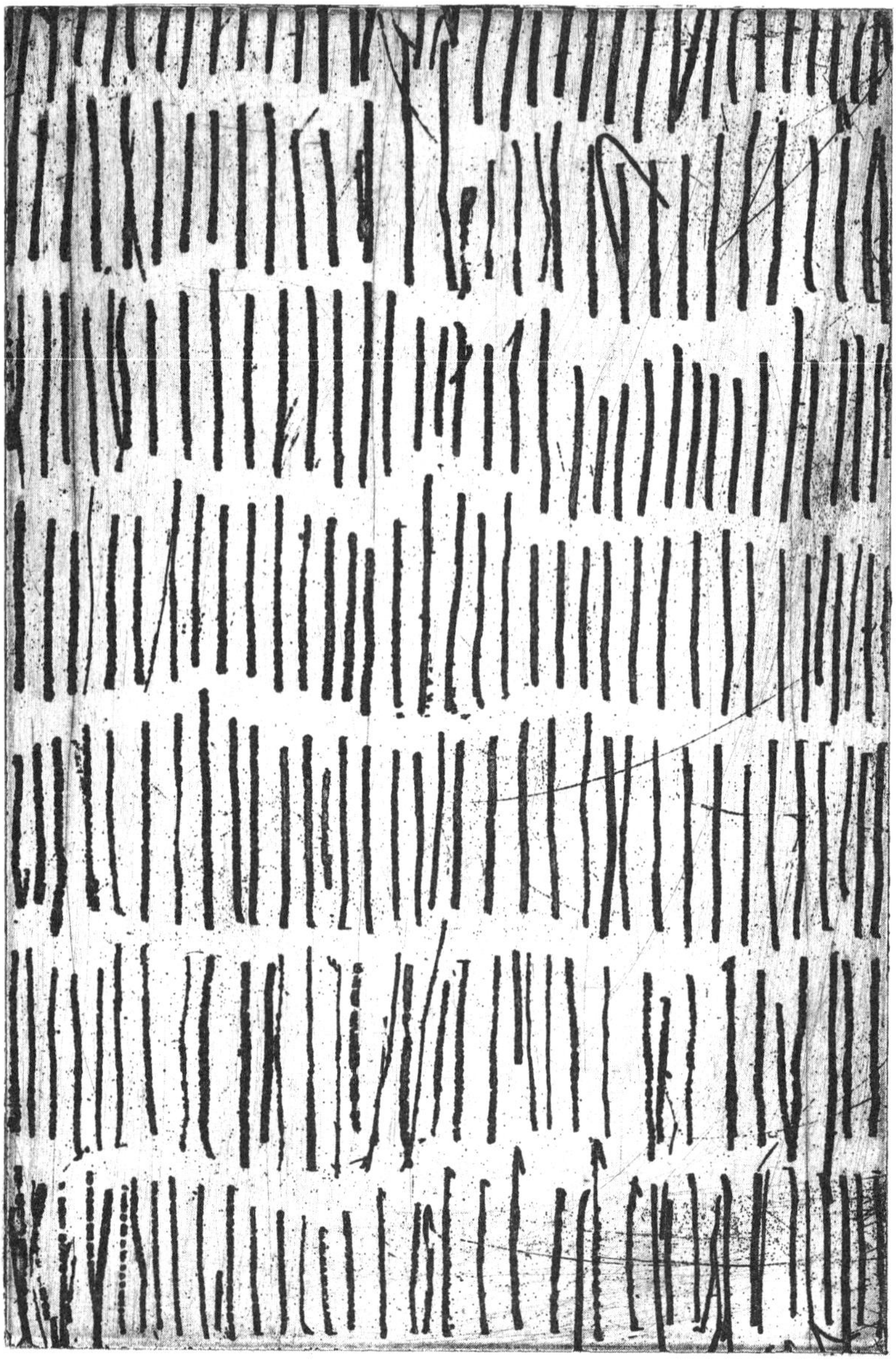

勇気を持つこと、そして、いつも好奇心を持ち続けること。どの瞬間も好奇心を絶やさず、自分が何を学ぶべきかということを見つけ出せる人でいることです。

さきほど重要文化財をできるだけ見るという話をしましたが、素敵なものに自分が関心をもって触れていれば、この好奇心は自然と身につくはずだと思います。肌で感じたり、物や空間を見たり、読んだり聴いたりしてみると、小さな発見がたくさんあって、自分がどう生きればいいかを教えてくれるはずです。

両親はいちばんの手本

僕は、いちばん教師とするべきものは両親だと思っています。女性だったら母親、男性だったら父親をよく見ることです。こんなにいい教師はいません。目の前で人生というものを教えてくれているのですから、本当に学ばせてくれます。

老いていく僕の父親は、とくにすばらしいという人ではありません。歳をとると、こんなふうにみじめになるし、こんなふうに心や姿が醜くもなって、けっしてきれいごとでは済みません。でも歳をとるということは、こういうことなのだな、と父を見ていて僕はよく思います。なぜ父親はこういうふうになったのだろう、自分だったらこういうふうにするのに、などとじかに学ばせてくれるのです。また、こんなとき父だったらどういうふうにしたのだろう、と想像をめぐらすこともあります。

ともかく自分の両親をよく見ることです。でもみんな、なかなか自分の両親をよく見ていないものです。歴史上の人物や名前のある人を思い出して、その人が自分と同じ状況にあったならどうしたかを想像することもあります。僕は彫刻家で詩人の高村光太郎が好きなので、光太郎はこういうときどういう選択をしただろうか、と。でもそれは、本当は違うのでしょう。自分がいちばん学ぶべき人は誰かというと、それは両親です。

どうしてみんな両親を見ないのでしょうか。それは哀しいからです。僕はもうすぐ五十歳になりますが、このくらいの年齢になると、両親は七十代や八十代です。いちばん見たくない年恰好です。それに、四十代や五十代といえば、まだまだ仕事が忙しかったりしますから、つい面倒くさいと思ってしまいます。時間をさいて両親に付き合うのはしんどい、というふうに。そんなわけで両親をなおざりにしがちですが、それは残念なことです。両親にはいいところもあるし、だめなところもあって、僕はそれを全部きちんと見て学びたいと思っています。

当然のことですが、父親も母親もいつか亡くなるわけです。どういうふうに亡くなっていくのか、あるいは人間としての綻びのようなものも見届けたい、と思います。僕は男だから父親を見ていますが、父は身をもって本当にこんなにたくさんのことを自分に教えてくれているんだ、と感謝の気持ちをもって見ています。おそらくここから学べることが、僕にとっていちばん大切なことですし、目をそらしてはいけないことなのです。

小さいときからの思い出と同様、両親から教えてもらうことというのは、意外な盲点です。両親をなおざりにしている人を見ると、もっとたくさん学べばいいのに、といつも思います。

たとえば、自分が七十歳になったら、どんな七十歳でいたいか——そう思ったら、両親を見ればいいのです。自分の父親や母親は七十歳のときどうだったか。これはすばらしいな、でもこうはなりたくないな、または、こういうことが必要だなどと、いくらでも見えてきます。そして、ではこういうことを準備しておこう、これは気をつけなくては、とわかります。

僕の両親は近くに住んでいて、八十歳を越した父は年相応に手術を受けたり、病院にお世話になったりしています。若い頃は両親のことなど見たくありませんでした。だいたい見ていなくても、後めたい気持ちさえありませんでした。でも今は違います。

それにやはりなんと言っても家族ですから、つながりがいろいろあります。そして、父と僕のこの関係は、近い将来、今度は僕の子どもと僕自身の関係にもつながっていくのです。自分も子どもに老いていく自分を見せないといけないし、教えないといけないのです。

もちろん、立派なことやたいしたことなんて、なかなかできるものではないでしょう。見せられると言ってもささいな小さなことばかりかもしれません。でもそのささいな小さなところに、幸せとか、学ぶべきことがあると信じています。これはことばを換えると、「小事が大事」ということですね。小さなことをきちんと積み重ねていれば、大きなことを望む必要はないのではと思います。

「暮しの手帖」はどうやってつくっているのですか?

たまたまこのあいだ、人と話をしていて(どうしても僕は仕事の話をすると、それは「暮しの手帖」の話になってしまうのですが)、雑誌をどんなふうにつくっているんですか、どんなコンセプトでつくっているのですか、と聞かれました。

じつは僕は、雑誌をどうやってつくるとか、コンセプトとか、その手のことにこだわりがありません。たくさんの人と共有するべき、大切な目的意識はいくつかありますが、今日の自分は、目の前にある仕事でいっぱいいっぱいで、客観的に考え方をまとめるとか、コンセプトや理念を整理している暇なんてありません。今日やる仕事をがむしゃらにやる。そして翌日は、また新しい自分でスタートするわけです。だから、昨日よかったことを、今日は否定することもあるのです。ものづくりというのは、そういうライブ感があって、今日の自分が思ったことを信じるほかないのでしょう。

それをある人に話したら、その人は正しいと言ってくれたのですが、さらに、自分がこうであるべきということを整理し始めたらおしまいだよね、と言われました。自分の感覚とか認識とか考え方というものは、毎日変わっていくものなのですから、昨日の自分を信じていてもしようがないのです。今日になって昨日と違うことが正しいと思えたから昨日と今日とでは言うことが変わったということなのですが、それほどすなおなことはありませんし、今日の自分を信じない限り、ものつくりなどできないと思います。

だから「暮しの手帖」のつくり方とか仕事について聞かれることはありますが、それについては上手に答えられません。今日の目の前にあることを一生懸命やって、試行錯誤していくしかないのですから。

ここで大事なことは、昨日と比べて今日は絶対変わっていなくてはいけないというのではなくて、今日思ったことが絶対ではない、という感覚をいつも持っていなければいけないということです。実際には、時間が流れてゆくにしたがって、どの地点かに自分を落とし込んでいくしかないわけですから、そのなかで試行錯誤――もしかしたら、これは自分の立場ではけっこうむつかしいことかもしれない、とか、でも最後の最後までこれを通したいからねばる、とか、あるいは、ある時点で落としどころを考えていくなど――をするしかないですね。

明日になったら、またもとの昨日の意見に戻るということだってあります。自分のなかの答えというものは、いつも絶対ではないようだ、と思っていたほうがいいのです。

僕も考え方や選択をもとに戻すことがいくらでもあります。いろいろやってみて、また振り出しに戻ることも、ときには大事です。

人の話を聞いて、それをすなおに受け取り、それで自分はどう思うか、を新しい気持ちで考えてみるとき、よく変化は訪れます。つまり自分の考え方と人の意見がどのような化学反応を起こすかということではないでしょうか。

たしかに僕は、自分の感覚を信じていて、今日の自分の気分といったものに、とても信頼を置いています。そして、それを踏み台にして前に進むのですが、それでも心のどこかでいつも、自分が正しいとは信じきっていないのです。だからこそ、いろいろな人の話には耳を傾けるし、アイデアも聞きます。そして、自分は絶対正しくない、と思い続けているのです。

日々の変化を受け容れ、ゆっくりと

結局、センスのよさとは、生きていくことのすべてなのです。

おしゃれな格好をしていればセンスがいい、ではなくて、人づきあいとか、話し方とか、時間の使い方とか、お金の使い方とか、自分の生活も含めて全部にセンスのよさが必要です。何かひとつがよくてもだめなのです。だから、センスのよさとは、とどまるところを知らない、バランス感覚なのだと僕は思います。言ってみれば、毎日毎日動いて形を変えているみたいな感じですよね。けっして止まらないというか、いつも成長しているというか、変化している、そういう自分であるということは大切だと思います。たとえば記憶のように、自分のひきだしのなかに入れて持てるものは、ほんのわずかだと僕は思っています。あんなに夢中になって勉強したり、集めたりしたのに、覚えていることはほんの少しだったりします。あのときいいと思ったものが、今ではぜんぜん魅力のないものになっているということもたくさんあります。それでもいいのです。

持っては捨て、覚えては忘れる、それを繰り返してきた今、唯一、これだけは言えるのは、自分が変化を止めずにいることが大切だということです。つねに新しい自分であるということを受け容れることです。

それは一歩進んで二歩下がるというイメージでしょうか。スムーズには歩いていけない、けれども、それでも前進しているわけですから、それでいいのです。人生そんなにうまいこと行かないものですから。

バランスをとるためにわざと負ける

恥をかいたこととか、失敗とか、くやしい思いとか、それで流した涙が自分への最高の起爆剤になるということは、すでに書きました。人を動かすためのモチベーションや勇気はそう簡単には出てきませんから、この起爆剤は貴重なものです。絶対に持っていたほうがよいもののひとつです。

色川武大さんの本で学んだのですが、十五日間ある相撲の本場所では、勝負の仕方のなかでいちばん美しいのは、八勝七敗というかたちだと思います。それがプロの勝負の仕方ですし、もっとも美しいのです。全勝を望むといつか全敗が待っているものです。全勝するためには無理をしなければならないのですが、無理をするとケガをします。ケガをすると、ひとつのことを続けることができないからです。

長く続けていくためには、八勝七敗を自分で守っていく。全勝ではなくて、そのためにわざと負けるくらいがいい、と。

バランスというのは、すべてにかかわってきます。勝ち負けという言い方は好きではありませんが、自分にとっての「ＯＫ」みたいなことが、ずっと続くわけはないのだと思います。ところが、続いてしまうときがあるのです。続いてしまうときは、わざと自分から転んでおいたほうがいいと思います。気がつかないで不意に転ぶと必ずケガをしますから。だから僕は、自分で勝ち負けのバランスを取るために、わざと転ぶことがいっぱいあります。

いちばん怖いのは、人から褒められ続けて、ずっと好調なままでいることです。そんなとき、わざと自分でしっぽをつかませるということは必要なことだと思います。

人間は、順風満帆で来ているときがいちばん注意しなければならないときです。落ちるのがこわくなりますし、落ちたときにケガをしたら、もう続けていけません。それならば、自分から小さなケガをしていくほうがバランスをとるにはよいのです。

自分のために投資する方法

今、自己投資をして何かを学ぶとしましょう。

そのとき、お金をかけない方法はいろいろありますし、逆にふんだんにお金をかける学び方というのもあると思います。どちらがいいのでしょう。

これはあくまでも僕の個人的な意見ですけれども、何かを学びたいのであれば、できるかぎり、めいっぱいお金を使うべきです。

たとえば語学を学びたいとします。しっかりと話せるようになりたい、と。そこで安い英語教室をさがすとか、喫茶店で外国人と話すような格安コースを試してみるとか、お金をかけない方法を選ぶとします。でも、そういうやり方で英語が話せるようになった人を僕は知りません。自分ができる範囲で思いきりお金を使うと、人は真剣になります。こんなにお金を使っているのだからという気持ちになるからです。つまり、高い英語教室にしても他のことを学ぶにしても、高ければ高いだけのことはあるのです。

だから何かを学びたければ、できるだけ思いきりお金をかけるべき、そう思います。自己投資はふんだんに。とりあえず学んでおこうとか、できるだけお金をかけずに身につけようという気持ちは、持たなくていいものだと思います。

話がそれますが、スポーツ選手たちが外国で活躍するために英語を学ぶというときは、たくさんのお金をかけるそうです。新しい環境でやっていくためには、三か月くらいで話せるようにならなければならないのです。どうしてそれができるのかというと、たくさんのお金と時間を使うからだそうです。何百万円も使うから、いい先生がつくし、自分のモチベーションも最高にできるというわけです。これは極端な例かもしれませんが、短期間で集中していちばんいい方法でやるから、本当に三か月で話せるようになれます。要はお金をかけているからです。

また、学びたいことがあれば、一流の人に習うべきです。そのためならば、お金をかける意味があると思っています。

センスも同じです。センスを磨きたいと思うのは、何かを学びたいと思うのと同じです。だから、やっぱりお金をかけたほうがいいのです。社会勉強と思えばいいかもしれません。思いきりお金を使うということが、自分のライフスタイルになるというわけではないのですから。

前に、一流の場所でどのように振るまえばいいのかを知りたければ京都の高い旅館に

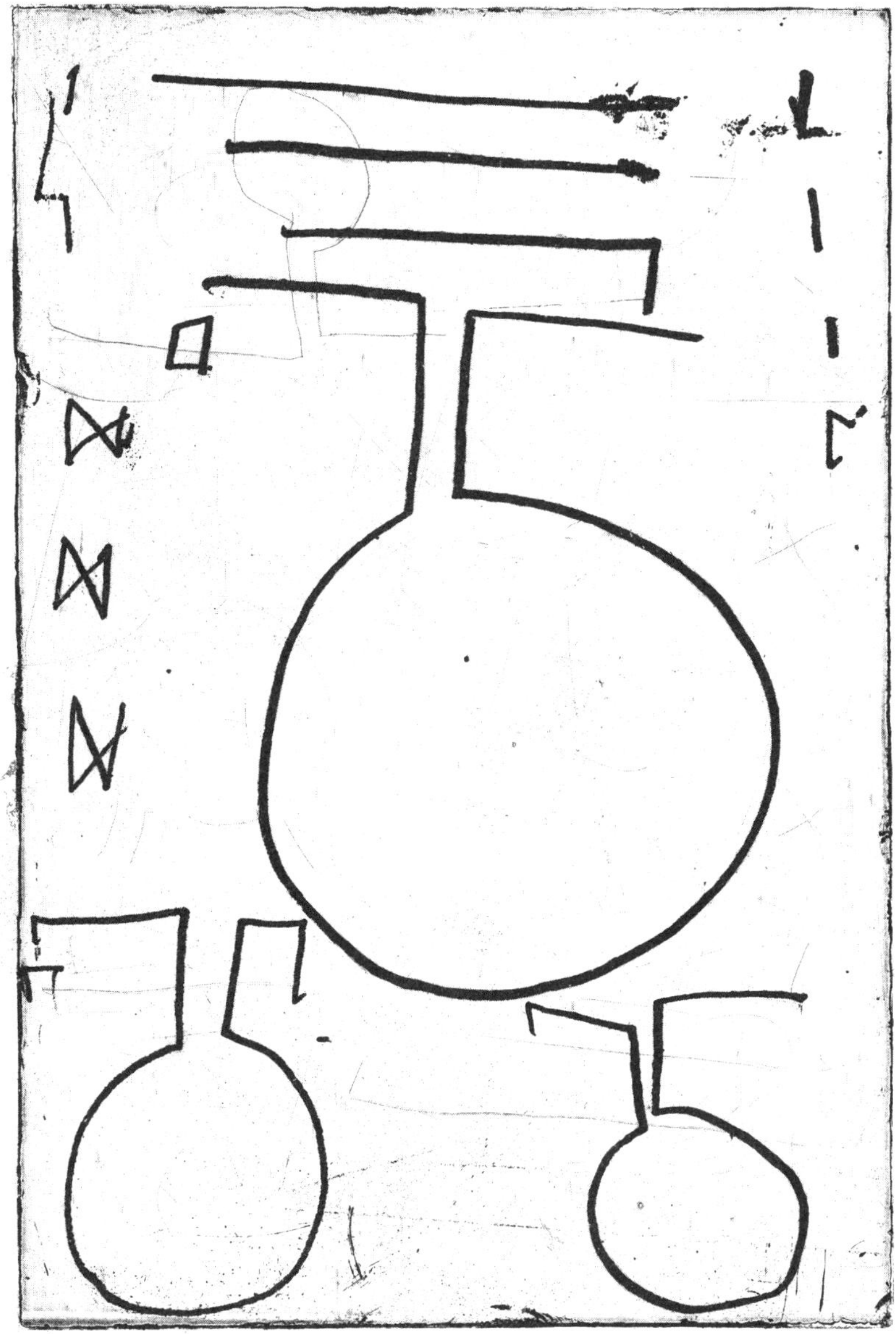

泊まってみればいいという話をしましたが、それと同じです。たとえば十万円をかけて高い旅館に泊まったら、真剣になって、何が十万円なんだろうと、学ぼうとします。それだけの感動もありますし、そうすることで、よいものも身につくのです。でも、それが自分のライフスタイルになるわけではありません。毎回、そこに泊まるわけではありませんから。

経験にはお金を使うべきだと思います。自分で経験するというのは、いちばんの情報源ですから。人が泊まった話を聞いたり読んだりして、わかったような気持ちになって、それが情報だと思ったら大間違いです。

これからの時代は、今まで以上に自分がそれを生で経験したかどうかが問われると思います。これだけ目の前に情報が行き交い、ヴァーチャルなものがある時代のなかで、その場所に足を運び、実際に自分が体験しているかどうかは大きいです。

自己投資とは言え、それはあくまで投資です。自分のなかで、リターンをある程度見極めて、自分の収入のなかで、どのくらいのお金をかけるかを決めるのも大切です。

美しいものを選ぶ

たとえば、写真や絵を買うとします。素敵だなと思う作品を暮らしのなかに置くのも自己投資のひとつです。

いい作品というのは、毎日見ていても、その日のあたらしい発見が必ずあるのです。「あっ、今日はこんな素敵なところがある」、「今日はここを見つけた」というふうに。しかもそれが毎日です。それによって、自分の教養とか美意識とか考え方などが自然と少しずつ磨かれていくのです。そう考えると、その作品が何十万であっても安いなと僕は思います。

ここで重要なのは、そうして作品を買うとき、コレクションをしてはいけないということです。ものを集めることで、自分が満足してそこで止まってしまうという傾向が人間にはあるからです。とくに自分がいいなと思うものを集めるとそうなりがちです。

僕も写真や絵画だけでなく、器も、雑貨も、家具も、これを使ったらどうなのだろうと思って、何十万円もするものもときたま買いますが、コレクションをもつことはしません。

　では何をするかというと、セレクションをしているのです。収集するのではなくて、選んでいるということです。自分の生活に、自分でそこに投資をして、見返りとして自分が何かを得て豊かになったり学んだりする、すなわち自分にとってのリターンがあるというものを「選んでいる」ということです。お金をかけるなら、そういうふうにかけたいものです。

　旅行も同じです。同じ行き先にばかり旅をするのは、何か違うのではないでしょうか。どんなものに対しても、本物のよいものを暮らしのなかで楽しむのがよいと言うと、同じものを買い続けるコレクション癖に陥ってしまうことになりがちですから、そこは注意しなければいけません。

「選ぶ」ということは、自分のセンスや美意識のわかりやすい尺度のひとつだと思われています。「あっ、自分はこれに大金を払うんだ」ということは、自分自身を知ることでもあるわけで、これは「収集する」とは異なることです。

　僕もそうですが、どうひっくり返っても自分にはない世界とか、自分にはない素敵さや美しさを持ち合わせているものだからこそ、人はお金を払ってでも自分で持っていたいと夢中になるのです。そもそも自分にあるものだったら、とくに手に入れる必要などないわけですから、投資なんてする必要はないのです。そこをよく知るべきです。

じつは、セレクションつまり「選ぶ」とは、ただ単に素敵だな、かわいいな、これが家にあったらいいな、という程度のことではないのです。自分がどう頑張ってもそこには到達できない、自分のなかにないものだからこそ、手もとにおいて触れてみたいということなのです。だから「選ぶ」とは自分を賭けているとも言えます。

そして「選んだ」ものには、自分では持ちえない何かにおいて、助けてもらうのです。自分にはどうしてもないものだからこそ、それが必要だということなのです。

独り占めしない

たとえば、「自分にないものがここにはある」と感じさせてくれる一枚の写真作品を手に入れるとします。観ていると、素敵だなと思うだけでなく、心に何か感じるものが湧いてくる。そこで、いつも目の前に置いて、そこから学んだり刺激をもらったりしようと思い、大金を払う決意をします。高いお金を払ったからきっと自分にはそういうリターンがあるだろうと期待も高まります。でも、そこで完結してはいけないのです。

いわゆる「美しいもの」を手に入れたとして、その「美しいもの」に自分が触れる、そして自分が感じて、自分のなかで美しい発見があって……それでは次に、それをどうすればいいのでしょうか。

答えは、循環させていくということです。「美しいもの」があったら、その魅力を自分のところでせき止めてはいけません。独り占めしないということが大切です。

それを今度は自分が、別のだれかに渡していったり、伝えていったりしなければいけません。暮らしのなかで、あるいは自分の仕事の場で、自分が得たリターンを流していかないとだめなのです。

なぜかというと、動かしていかないと、そこには経済が発生しないからです。ここで止めていると、その作品とのやりとりは、いつまでたっても一対一で、そこにはなんの経済も生まれません。僕が毎日絵を見て満足しても、そこまででしかありません。けれども、「美しいもの」からもらったものをだれかの幸せのために使えば、そこで経済が生まれるわけです。それをいつも心に留めておかなければなりません。

けれどもほとんどの場合、みんな自分のところで止めてしまうのです。自分だけのお気に入りにしてしまうのです。僕が一対一で絵と向き合っているのをやめて、今度は二十人の人に分け与えたら一対二十になります。さらにその二十人の人が二十人に分け与えたら、四百人の人に行きわたります。そうやってまわしていくと、経済が生まれるわけです。本来であれば、そこまで考えたほうがいいのです。

だいたい独り占めしているのは、逆にもったいないことです。発見したり、素敵だなと思ったことを、自分のところで止めていたら、そこからは何も生まれません。せいぜい生まれるとしても自己満足くらいでしょう。そこは何らかの形で、人にわかりやすく伝えていく、幸せを分け与えていく、そういう社会活動をすることでたくさんの人に喜んでもらうということをしないとだめだと思います。

センスのよさのソシアルワーク（社会貢献）

こうして分け与えたものは、結果的には、自分に返ってくるものです。僕の知っている成功している人たちはみんなそうです。最初はひとりかふたりにつながっていたことが、どんどん広がっていき、たくさんの人のためになったことによって、その結果、億単位のお金になって返ってくる——そんなふうなことがあります。自分が発見したことは、ソシアルワーク（社会貢献）していかないとだめなのです。

そもそも幸せというのは、独り占めするものではないのです。

自分の幸せをどうやって分けていくかも、ひとつのセンスなのだと思います。自分のところで止めずに、独り占めせずに、きちんと社会に流れていく道とか川をつくって、滞りなく流していくという意識もセンスなのです。どっちの方向に流していくか、いちばん喜んでくれる人はどこにいるか、それを判断して選ぶわけですから。だから、誰かから与えてもらったことや自分への投資に対するリターンという、とても素敵なこと、うれしいこと、美しいことを、つぎに僕がどこへ、誰へ、どういうふうに流していけばいいのだろうということは、いつも悩んでいることです。持っているものを人に、あるいは誰もが使えるように、そしてそれを誰もが役に立つものに変換できるように、そんなことをいつも考えています。

直接的でなくてもいいのです。自分のできる役割というフィルターを通してでかまわないので、何かアウトプットするように物事を持っていくのは大切なことです。

とある美術館で素敵な作品に出会って、目の前が晴れわたるような経験をしたなら、その作品を気に入ってくれそうな友だちに、そこで買ったポストカードを出してみるという分かち合い方でも十分だと思います。

センスのよさを経済活動にする

これがうまくいくと、自分の行動とか、考えること、すべてに経済が発生することになってきます。遊びに行っているように見えるけれど、それも経済活動のスタートだった、そんなことも起こるでしょう。それは本当に素敵なことです。そういうこともセンスです。

けっしてお金儲けをしようと提案しているわけではありませんが、人を喜ばせようとして自分の個人的な発想からスタートしているものでも、そこから得たものは絶対に独り占めしないで人に渡していく、そして幸せを感じてもらえるかたちに変換させていこうと思います。

そういうことを考えれば、右に行っても左に行っても、どこに行っても経済活動が発生するという自分のスタイルになります。

この経済活動のスタイルはあなたが特別な人でなくてもできると思います。ふつうに働いて、ふつうに暮らしている人でも実現できると思います。自分は会社勤めで、社の規定の給料をもらっているから、他の経済活動をするというわけにはいかないという人がいるかもしれません。でも、こうやって貯めることができるのはお金だけではありません。たとえば信頼とか信用というものもどんどん貯めていけるのですから、それには意味があると僕は思います。これはとても大きなことだと思いますが、信頼や信用を貯めていくというのはわかりにくいかもしれません。けれども、それはすぐには数字として見えないかもしれませんが、確実にあなたの財産を増やしていくのです。

人生は予測のつかない化学反応

なかなかないチャンスが自分のもとにめぐって来たときは、絶対にそれを逃さないようにしなければなりません。そのために、日頃から即答力を高めておくことも大切でしょう。

こうして自分でつかんだチャンスから生まれたたったひとつの出来事を思い出すだけで、しばらく感動が続くことがあります。さらに、それが仕事に変わっていくこともたくさんあります。

はじめは、好奇心をもって、素敵なものや美しいものを見つけて、よく見て、よく触れて、真似てみる。そして、自分のもとにめぐってきた幸運は、ほかの人にも受け渡していくことです。それしかセンスのよくなる方法はありません。

さらに、何度も繰り返しますが、失敗をいっぱいすることです。失敗は最良の起爆剤になりますから。最初からすべてをできる人はいない、でもたくさん失敗をしているからこそ、あきらめない気持ちがもてるのです。

そしてチャンスが自分のところに来たら、勇気をもって一歩踏み出してみることです。チャンスがあなたのそばを通り過ぎるのは一瞬ですが、いつもセンスを磨いておこうと心がけていれば、思いきってジャンプをして、きっとそれをつかむことができると思います。

少しだけ自分が変わってみると、何かを始めてみたとき、あんまり自分が肩肘張って頑張らなくても、新しい友だちや知り合いが必ずできているものです。そして、そういうまわりの人が、さまざまなかたちであなたを助けてくれるでしょう。本来、人はみんな孤独であるべきだし、孤独であることを受け入れなければならないのですが、逆にそれがわかっているからこそ、人とつながることができるというところもあるのです。

世の中、捨てたものではない、とよく思います。そういう人のつながりや出会いがあるから、予測できないことがいくらでも起こるのです。

本屋を開くとか、文章を書くとか、「暮しの手帖」の仕事をするとか、僕もさまざまな仕事をしていますが、自分で予測していたものなんてひとつもありません。それどころか、そういう仕事を自分の目標にしたことなど一度もなかったのです。

すべて自分が一生懸命やってきて、ふとたまたま訪れたきっかけをつかんで、多くの人に助けてもらいながら、自然に導かれてきた結果です。人生は予測のつかない化学反応なのです。

あとがきにかえて

月並みであるけれど、志賀直哉の『暗夜行路』を写し書きしたことがあります。そうすれば、大好きな志賀直哉の「センス」を学ぶことができると思ったからです。ご存知のとおり『暗夜行路』は読むだけでも大変な長編です。すべてを書き写すのは容易ではありませんでした。苦労して写し書きが終わったとき、何を学んだのかというと、学んだというより、読書の時以上に、あらゆる意味でのバランス感覚と高い完成度に改めて感動しました。ひとつくらいは会得できそうなことはなかったか、真似できそうなことはなかったか、と考えると、「センス」というよりも、全体を流れる文章、それにまつわる呼吸の「リズム」でした。志賀直哉の「センス」とは「リズム」なのだとわかりました。志賀直哉は「リズム」について随筆を書いています。冒頭部分だけ抜粋してみます。

偉れた人間の仕事―する事、いう事、書く事、何でもいいが、それに触れるのは実に愉快なものだ。自分にも同じものがどこかにある。それを眼覚まされる。精神がひきしまる。こうしてはいられないと思う。仕事に対する意志を自身はっきり（あるいは漠然とでもいい）感ずる。この快感は特別なものだ。いい言葉でも、いい絵でも、いい小説でも本当にいいものは必ずそういう作用を人に起す。一体何が響いて来るのだろう。

『随筆衣食住』志賀直哉（三月書房）収録「リズム」より抜粋

この文章を読んだ僕は、「センス」とは「リズム」でもあり、「センス」を学ぶことは「リズム」を学ぶことでもあると思いました。すばらしい音楽には美しい「リズム」が必要なように、ぜひ次は「リズム」について考えてみたいと思います。

挿画は知友の版画家、松林誠さんにお願いしました。表紙の絵は僕の顔です。嬉しいやら恥ずかしいやら、心から感謝します。

松浦弥太郎

松浦弥太郎（まつうら・やたろう）
1965年、東京生まれ。18歳で渡米し、サンフランシスコで古書の魅力を知る。帰国後、エム&カンパニーブックセラーズを立ち上げる。2006年から15年まで「暮しの手帖」編集長を務める。執筆・編集活動、映像、ラジオのパーソナリティなど、枠を超えた活躍を続けている。『仕事のためのセンス入門』、『ほんとうの味方のつくり方』、『それからの僕にはマラソンがあった』、『考え方のコツ』、『着るもののきほん100』、『人生を豊かにしてくれる「お金」と「仕事」の育て方』、『なくなったら困る100のしあわせ』など著書も多数。

センス入門《にゅうもん》

2013年2月25日　初版第1刷発行
2025年3月5日　初版第25刷発行

著者　松浦弥太郎（まつうら・やたろう）
発行者　増田健史
発行所　株式会社筑摩書房
東京都台東区蔵前2-5-3　〒111-8755
電話番号　03-5687-2601（代表）
印刷・製本　三松堂印刷株式会社

ISBN978-4-480-81672-6 C0095